Peter Grosche

Theo – die Dumpfbacke?

Peter Grosche

Theo – die Dumpfbacke?

Theo ist ein Teenager mit einer ordentlichen Portion Selbstironie und einer frechen Klappe, der sich den Herausforderungen des Lebens stellt – von Mobbing bis zur Abiprüfung.

Begleite ihn auf seiner Reise durch Freundschaft, Selbstakzeptanz und sozialem Engagement, unterstützt von seinen treuen Freunden Lena und Max.

„Theo – Die Dumpfbacke?" ist ein humorvoller und tiefgründiger Roman über das Erwachsenwerden und die Bedeutung, seinen eigenen Weg zu finden.

Entdecke, wie Theo seine Träume verwirklicht und versucht, die Welt ein Stück besser zu machen.

Impressum

Text: © 2024 by: Peter Grosche

Umschlaggestaltung: © 2024 by: Peter Grosche

Herstellung und Verlag: BoD – Books on Demand, Norderstedt

ISBN: 978-3-7597-0269-2

Die Deutsche Nationalbibliothek verzeichnet diese Publikation in der
Deutschen Nationalbibliografie; detaillierte bibliografische Daten sind im
Internet
über http://dnb.dnb.de abrufbar.

Die automatisierte Analyse des Werkes, um daraus Informationen insbe-
sondere über Muster, Trends und Korrelationen gemäß §44b UrhG ("Text
und Data Mining") zu gewinnen, ist untersagt.

ACHTUNG:

Inhaltsverzeichnis

Willkommen in Hohenried 7

Neue Freunde, neue Probleme 25

Ein Lichtblick 38

Lehrerstress 47

Familienchaos 55

Der geheime Plan 67

Der Tiefpunkt 86

Ein unerwarteter Helfer 97

Das große Projekt 102

Neue Horizonte 109

Abistress 119

Abschlussball 127

Abschied und ein Neuanfang 133

Schlusswort - Epilog 143

Willkommen in Hohenried

Die Sonne schien durch das Fenster und kitzelte Theo an der Nase. „Boah, nicht schon wieder Schule", murmelte er, während er sich aus dem Bett wälzte. Seine Schwester Marie war schon längst auf, wie immer perfekt gestylt und bereit, ihm die Laune zu verderben.

„Theo, beeil dich mal, sonst kommst du wieder zu spät!", klopfte Marie an seine Tür. Theo stöhnte und schlurfte ins Bad. „Lass mich doch, ist ja erst sieben."

„Erst sieben? Die Schule beginnt um acht, und du brauchst 'ne Stunde, um überhaupt aufzuwachen", antwortete Marie schnippisch.

In der Küche saß seine Mutter mit einer Tasse Kaffee und einem besorgten Blick. „Theo, hast du alles für die Schule?"

Theo nickte, während er sich hastig ein Brot schmierte. „Ja, Mama. Alles easy."

Sein Vater kommt rein, das Handy am Ohr. „Morgen, Theo. Viel Glück heute."

Theo verdrehte die Augen. „Danke, Dad."

Mit einem letzten Blick auf sein chaotisches Zimmer griff Theo seinen Rucksack und machte sich auf den Weg zur Schule. Auf dem Weg trifft er Lena und Max.

„Hey, Theo!", rief Lena. „Bist du bereit für den ersten Tag?"

Theo zuckte mit den Schultern. „So bereit, wie man sein kann, glaub ich."

Max lachte. „Keine Sorge, Mann. Das wird schon."

In der Schule angekommen, stolpert Theo sofort über seine eigenen Füße und landet direkt vor den Füßen von Uta, dem coolsten Mädchen der Schule.

Uta hilft ihm auf. „Alles okay?"

Theo wird rot. „Äh, ja. Danke."

„Mach dir nichts draus", sagt Lena und grinst. „Jeder hat mal 'nen peinlichen Moment."

„Oder auch zwei oder drei", fügt Max hinzu und klopft Theo auf die Schulter.

Theo seufzt. „Toll, jetzt hält mich Uta bestimmt für 'ne komplette Dumpfbacke."

„Ach was", meint Lena. „Sie wird sich wahrscheinlich gar nicht mehr daran erinnern."

Nach der Schule sitzen Theo, Lena und Max noch ein wenig im Park auf ihrer Lieblingsbank, die etwas abseits liegt und ihnen genügend Privatsphäre bietet. Der Park ist um diese Uhrzeit angenehm ruhig, und die Nachmittagssonne taucht alles in ein warmes Licht.

„Also, was steht heute Abend an?", fragt Max und lehnt sich zurück.

„Keine Ahnung, ich dachte, wir könnten einfach ein bisschen abhängen", antwortet Theo und wirft einen Stein über den Rasen.

„Ich hab gehört, dass im Jugendzentrum heute eine Open-Mic-Night ist", schlägt Lena vor. „Könnte witzig werden."

„Open-Mic-Night?", fragt Theo skeptisch. „Ich weiß nicht, ob ich mich zum Affen machen will."

„Du musst ja nicht auftreten, nur zuschauen", erklärt Lena lachend. „Es ist echt cool, und vielleicht entdeckst du ein neues Talent."

Theo zuckt mit den Schultern. „Okay, warum nicht. Besser als zu Hause rumzuhängen und Marie zuzuhören, wie sie mir sagt, was ich alles falsch mache."

„Deal", sagt Max und klatscht in die Hände. „Dann treffen wir uns um sieben vorm Jugendzentrum?"

„Klingt gut", antwortet Theo, und sie verbringen den Rest des Nachmittags damit, über die neuesten Schulgerüchte und lustige Videos auf ihren Handys zu lachen.

Als Theo wieder daheim ist, wird er sofort von Marie begrüßt. „Na, wieder peinlich aufgefallen heute?"

„Halt die Klappe, Marie", sagt Theo genervt und geht in sein Zimmer.

Seine Mutter ruft aus der Küche: „Theo, wir essen in einer Stunde!"

„Okay, Mama", antwortet er und wirft sich auf sein Bett.

Er greift nach seinem Handy und scrollt durch die sozialen Medien. Er sieht, dass ein paar Mitschüler Videos von der Schule gepostet haben, aber zum Glück keines, das ihn zeigt.

Beim Abendessen herrscht am Esstisch wie immer das übliche Chaos. Marie redet ununterbrochen über ihre neuesten Erfolge, und Theo versucht, sich unsichtbar zu machen.

„Theo, hast du schon Pläne für heute Abend?", fragt seine Mutter.

„Ja, ich treffe mich mit Lena und Max. Wir gehen ins Jugendzentrum", antwortet Theo.

„Klingt gut", sagt sein Vater, der endlich sein Handy zur Seite gelegt hat. „Pass auf dich auf."

„Mach ich", antwortet Theo kurz und konzentriert sich wieder auf sein Essen.

Pünktlich um sieben trifft Theo vor dem Jugendzentrum auf Lena und Max. Die Stimmung ist lebhaft, und man hört bereits Musik und Gelächter aus dem Gebäude.

„Hey, da seid ihr ja", ruft Lena und winkt. „Lasst uns reingehen."

Drinnen herrscht eine entspannte Atmosphäre. Jugendliche sitzen in kleinen Gruppen zusammen, manche auf Stühlen, andere auf dem Boden. Auf der kleinen Bühne steht ein Mikrofon, und gerade singt jemand ein selbstgeschriebenes Lied.

„Cool hier, oder?", sagt Lena und sieht sich um.

„Ja, echt nice", stimmt Theo zu. „Bin gespannt, was noch so kommt."

Während sie zuhören, wie ein Mädchen Gedichte vorträgt, bemerkt Theo, dass Uta ebenfalls da ist. Sie steht mit ein paar Freundinnen in einer Ecke und sieht zu ihnen rüber.

„Oh nein, da ist sie wieder", murmelt Theo und versucht, sich hinter Max zu verstecken.

„Wer?", fragt Max neugierig.

„Uta", antwortet Theo. „Sie hat mich heute schon genug blamiert gesehen."

Lena lacht. „Theo, du machst dir echt zu viele Sorgen. Komm, lass uns einfach Spaß haben."

Ein paar Minuten später, als Theo gerade dabei ist, sich zu entspannen, wird sein Name plötzlich aufgerufen.

„Theo, du bist dran!", ruft der Moderator.

Theo starrt entsetzt auf die Bühne. „Was? Ich hab mich doch gar nicht angemeldet!"

Lena grinst breit. „Überraschung! Wir dachten, es wäre eine gute Gelegenheit für dich."

„Ihr seid nicht ganz dicht", flüstert Theo, doch er weiß, dass es jetzt kein Zurück mehr gibt. Er geht zögernd auf die Bühne und greift nach dem Mikrofon.

„Hey, ich bin Theo", beginnt er unsicher. „Und äh, ich hab eigentlich nichts vorbereitet."

Die Menge lacht, und Theo fühlt sich ein wenig besser. „Aber wisst ihr was? Manchmal ist das Leben einfach komisch. Man stolpert über seine eigenen Füße, landet vor dem coolsten Mädchen der Schule und…"

Die Menge lacht wieder, und Theo merkt, dass er die Situation irgendwie unter Kontrolle hat. Er redet weiter, erzählt von seinen peinlichen Momenten und seinen Freunden, und am Ende bekommt er Applaus.

Als er von der Bühne kommt, klopfen ihm Lena und Max auf die Schultern. „Das war großartig, Theo!", sagt Lena.

„Ja, echt krass", fügt Max hinzu. „Du hast die Menge gerockt."

Theo lächelt. „Danke, Leute. Ohne euch hätte ich das nie gemacht."

Uta kommt auf ihn zu und lächelt. „Du warst echt gut, Theo. Vielleicht solltest du das öfter machen."

Theo wird rot. „Äh, danke, Uta."

„Vielleicht sehen wir uns ja bald wieder hier", sagt sie, bevor sie zurück zu ihren Freundinnen geht.

„Wow, Theo, hast du das gehört?", sagt Lena. „Sie mag dich!"

„Ja, vielleicht", antwortet Theo und fühlt sich plötzlich viel selbstbewusster.

Später am Abend machen sich Theo, Lena und Max auf den Heimweg. Der Abendwind ist kühl und die Straßen von Hohenried sind ruhig.

„War echt ein cooler Abend", sagt Lena und zieht ihre Jacke enger um sich.

„Ja, echt nice", stimmt Max zu. „Wir sollten das öfter machen."

„Auf jeden Fall", sagt Theo und lächelt. „Ich hätte nie gedacht, dass ich mich mal auf eine Bühne stelle."

„Du hast es echt drauf, Theo", meint Lena. „Vielleicht solltest du das wirklich öfter machen."

„Vielleicht", antwortet Theo nachdenklich. „Es hat echt Spaß gemacht."

Theo verabschiedet sich von seinen Freunden und schlurft leise ins Haus. Er will seine Eltern nicht aufwecken und schleicht sich ins Wohnzimmer, wo Marie auf dem Sofa sitzt und ein Buch liest.

„Du bist spät dran", sagt sie ohne aufzusehen.

„Ja, wir waren im Jugendzentrum", antwortet Theo und setzt sich neben sie. „Es war echt cool."

Marie legt das Buch weg und sieht ihn an. „Hast du irgendwas Besonderes gemacht?"

Theo zögert kurz und erzählt dann von seinem spontanen Auftritt. „Ich hab 'ne kleine Stand-up-Comedy-Nummer gebracht."

„Wirklich?", fragt Marie überrascht. „Und wie war's?"

„Ehrlich gesagt, ziemlich gut", antwortet Theo und grinst. „Die Leute haben gelacht."

Marie lächelt. „Das freut mich für dich, Theo. Vielleicht solltest du das öfter machen."

„Das hat Lena auch gesagt", murmelt Theo. „Vielleicht probiere ich es wirklich mal."

„Du hast mehr drauf, als du denkst", sagt Marie und steht auf. „Gute Nacht, kleiner Bruder."

„Nacht, Marie", antwortet Theo und sieht ihr nach, wie sie die Treppe hinaufgeht.

Theo liegt in seinem Bett und denkt über den Abend nach. Er hätte nie gedacht, dass er jemals den Mut haben würde, vor Leuten zu sprechen, geschweige denn, sie zum Lachen zu bringen. Vielleicht hat Lena recht, vielleicht sollte er wirklich öfter aus seiner Komfortzone herauskommen.

Mit diesen Gedanken schläft er ein und träumt von weiteren Auftritten und neuen Freundschaften.

Theo wacht am nächsten Morgen mit einem Gefühl der Zufriedenheit auf. Er denkt an den vergangenen Abend und lächelt. Vielleicht ist Hohenried doch nicht so schlimm, wie er gedacht hatte.

„Theo, komm runter zum Frühstück!", ruft seine Mutter aus der Küche.

„Bin schon unterwegs!", ruft Theo zurück und läuft die Treppe hinunter.

In der Küche ist die Stimmung wie immer hektisch. Marie bereitet sich auf einen neuen Schultag vor, während sein Vater bereits mit dem ersten Telefonat des Tages beschäftigt ist.

„Morgen, Theo", sagt seine Mutter und stellt ihm eine Schüssel Müsli hin. „Wie war der Abend gestern?"

„Echt gut", antwortet Theo und beginnt zu essen. „Ich hab neue Leute kennengelernt und stand sogar auf der Bühne."

„Wirklich?", fragt seine Mutter überrascht. „Das ist ja großartig!"

„Ja, es war echt cool", sagt Theo und lächelt.

Als Theo und Marie zur Schule gehen, begegnen sie Lena und Max vor dem Schultor.

In der Pause sitzen Theo, Lena und Max zusammen auf einer Bank im Schulhof. Paul kommt rüber und setzt sich zu ihnen.

„Hey, Leute", sagt Paul. „Habt ihr das Video gesehen?"

„Welches Video?", fragt Theo verwirrt.

„Von deinem Auftritt gestern", erklärt Paul und zeigt sein Handy. „Es hat jemand gefilmt und online gestellt. Du bist schon bei hundert Likes!"

„Was?", ruft Theo und sieht sich das Video an. Tatsächlich, sein Auftritt vom Vorabend ist online und wird gerade überall geteilt.

„Das ist ja der Wahnsinn", sagt Lena und klopft ihm auf die Schulter. „Du wirst noch berühmt, Theo."

„Ich weiß nicht", murmelt Theo. „Ich hoffe nur, dass es nichts Peinliches ist."

In diesem Moment kommt Uta vorbei und lächelt Theo an. „Hey, Theo. Ich hab das Video gesehen. Du warst echt gut."

„Äh, danke", stottert Theo und wird rot. „Freut mich, dass es dir gefallen hat."

„Vielleicht kannst du ja mal was für unser Schulfest machen", schlägt Uta vor. „Das wäre echt cool."

„Äh, ja, vielleicht", antwortet Theo unsicher. „Mal sehen."

„Lass uns nach der Schule drüber reden", sagt Uta und geht weiter.

„Hast du das gehört?", flüstert Max aufgeregt. „Du sollst beim Schulfest auftreten!"

„Ja, das hab ich gehört", antwortet Theo nervös. „Oh Mann, was hab ich mir da eingebrockt?"

„Keine Sorge, wir helfen dir", sagt Lena entschlossen. „Das wird super."

Der Rest des Schultages vergeht wie im Flug. Theo ist in Gedanken immer wieder bei dem Video und dem unerwarteten Vorschlag von Uta. Die Idee, beim Schulfest aufzutreten, macht ihn nervös, aber auch irgendwie stolz.

„Theo, hast du schon mal drüber nachgedacht, was du beim Schulfest machen könntest?", fragt Lena, als sie gemeinsam das Schulgelände verlassen.

„Noch nicht wirklich", antwortet Theo. „Ich meine, ich hab ja gestern einfach nur improvisiert."

„Das kannst du wieder machen", schlägt Max vor. „Improvisation liegt dir anscheinend."

„Vielleicht", murmelt Theo. „Aber was, wenn ich diesmal total versage?"

„Dann wirst du es nie wissen, wenn du es nicht versuchst", sagt Lena ermutigend.

Im Park setzen sich die Freunde wieder auf ihre Lieblingsbank und beginnen, Ideen zu sammeln.

„Wie wäre es, wenn du ein paar Geschichten aus dem Alltag erzählst?", schlägt Paul vor, der sich zu ihnen gesellt hat. „So wie gestern Abend. Die Leute lieben sowas."

„Das könnte klappen", überlegt Theo. „Vielleicht kann ich auch ein bisschen über Schule und Lehrer reden."

„Ja, aber vorsichtig", warnt Lena. „Du willst nicht noch mehr Ärger mit Herrn Müller."

„Stimmt", lacht Theo. „Vielleicht mache ich ein paar Witze über typische Schulsituationen. Jeder kennt die und kann sich damit identifizieren."

„Genau, und wenn du Hilfe brauchst, schreiben wir dir ein paar Ideen auf", bietet Max an.

„Das wäre super", sagt Theo dankbar.

Als Theo nach Hause kommt, setzt er sich an seinen Schreibtisch und beginnt, ein paar Notizen für seinen Auftritt zu machen. Er schreibt ein paar Witze über seinen Matheunterricht, peinliche Momente in der Pause und die typischen Missgeschicke im Sportunterricht.

„Theo, komm zum Abendessen!", ruft seine Mutter.

„Bin gleich da!", antwortet Theo und steckt das Papier in seinen Rucksack. Er will es morgen Lena und Max zeigen.

Am Abend erzählt er seiner Familie vom Vorschlag, beim Schulfest aufzutreten. Seine Eltern sind begeistert und ermutigen ihn, es zu versuchen.

„Du wirst das großartig machen", sagt sein Vater. „Und wenn du Hilfe brauchst, sind wir für dich da."

„Danke, Dad", antwortet Theo und fühlt sich ein bisschen besser.

Am nächsten Tag - in der Schule herrscht reges Treiben. Alle reden über das bevorstehende Schulfest, und Theo spürt die Aufregung in der Luft.

„Theo, hast du schon eine Idee, was du machen wirst?", fragt Uta in der Pause.

„Ja, ich arbeite an ein paar Witzen über den Schulalltag", erklärt Theo und zeigt ihr seine Notizen.

Uta liest sie durch und lacht. „Das ist echt cool. Ich freu mich schon auf deinen Auftritt."

„Danke, Uta", sagt Theo und fühlt sich geschmeichelt.

Die nächsten Tage verbringt Theo damit, seine Witze zu perfektionieren und mit Lena und Max zu üben. Sie geben ihm Feedback und helfen ihm, die besten Pointen herauszuarbeiten.

„Du bist echt gut, Theo", sagt Lena nach einer Probe. „Die Leute werden dich lieben."

„Ich hoffe es", antwortet Theo nervös. „Aber danke für eure Hilfe."

Max klopft ihm auf die Schulter. „Keine Sorge, das wird super. Und selbst wenn was schiefgeht, wir sind da und unterstützen dich."

Der Tag des Schulfests ist gekommen. Das Schulgelände ist festlich geschmückt, und überall herrscht eine aufgeregte Stimmung. Theo fühlt sich nervös, aber auch gespannt.

„Theo, bist du bereit?", fragt Lena, als sie sich hinter der Bühne treffen.

„So bereit, wie ich im Moment nur sein kann", antwortet Theo und atmet tief durch.

„Du schaffst das", sagt Max. „Denk einfach dran, es ist nur ein weiterer Auftritt wie im Jugendzentrum."

„Ja, du hast recht", sagt Theo und lächelt schwach.

Als sein Name aufgerufen wird, tritt Theo auf die Bühne und wird mit einem freundlichen Applaus begrüßt. Er blickt in die Menge und sieht die erwartungsvollen Gesichter seiner Mitschüler und Lehrer.

„Hey, ich bin Theo", beginnt er und merkt, dass seine Hände zittern. „Ihr kennt mich wahrscheinlich als den Typen, der ständig über seine eigenen Füße stolpert."

Die Menge lacht und Theo fühlt sich ein wenig entspannter. „Aber heute hab ich beschlossen, mal was anderes zu machen, als nur peinlich zu sein. Also lasst uns über Schule reden."

Er erzählt seine Witze über den Matheunterricht, die Pausen und den Sportunterricht. Die Leute lachen, und Theo merkt, dass er die Kontrolle hat. Er fühlt sich gut, und der Auftritt verläuft besser, als er es sich je erträumt hätte.

Am Ende seines Auftritts bekommt er tosenden Applaus, und Uta kommt auf die Bühne, um ihm zu gratulieren.

„Das war großartig, Theo", sagt sie und umarmt ihn.

„Danke", murmelt Theo und kann sein Glück kaum fassen.

Hinter der Bühne warten Lena und Max auf ihn und klopfen ihm begeistert auf die Schultern.

„Du warst der Hammer!", ruft Lena.

„Ja, echt krass, Mann", stimmt Max zu. „Das war der beste Auftritt des Abends."

Theo strahlt über das ganze Gesicht. „Danke, Leute. Ohne euch hätte ich das nie geschafft."

„Wir sind stolz auf dich", sagt Lena und gibt ihm einen Kuss auf die Wange.

Theo fühlt sich, als könnte er die Welt erobern. „Kommt, lasst uns feiern."

Theo, Lena, Max und Uta machen sich auf den Weg zum Jugendzentrum.

„Ich kann es immer noch nicht glauben, dass es so gut gelaufen ist", sagt Theo, während sie die Straße entlanggehen.

„Du hast es dir verdient", antwortet Uta und lächelt ihn an. „Du warst einfach großartig."

„Ja, das war echt krass", stimmt Max zu.

Im Jugendzentrum angekommen, empfangen sie ihre Freunde mit jubelnden Rufen. Es wird Musik aufgelegt, und bald tanzen alle ausgelassen. Theo fühlt sich wie ein Star und genießt jede Sekunde des Abends.

Später am Abend sitzen Theo und Uta auf einer Bank draußen vor dem Jugendzentrum, um sich etwas auszuruhen. Die Musik und das Lachen der anderen Jugendlichen dringt leise nach draußen.

„Danke, Uta", sagt Theo und sieht sie an. „Ohne dich hätte ich das nie geschafft."

„Das stimmt nicht", antwortet Uta und schüttelt den Kopf. „Das Talent hattest du schon immer in dir. Ich hab nur ein bisschen nachgeholfen."

„Trotzdem, ich bin dir echt dankbar", sagt Theo und lächelt. „Du hast mir so viel Selbstvertrauen gegeben."

„Und ich bin froh, dass ich dir helfen konnte", sagt Uta und legt ihre Hand auf seine. „Ich glaube, das ist der Anfang von etwas Großem für dich."

Wieder zu Hause angekommen, legt sich Theo glücklich und erschöpft ins Bett. Er denkt an den Wettbewerb, den Applaus und die vielen glücklichen Gesichter. Er fühlt sich erfüllt und ist gespannt auf die Zukunft.

„Vielleicht wird das hier wirklich eine gute Zeit", murmelt er, bevor er einschläft.

Am nächsten Morgen wacht Theo mit einem Lächeln auf. Er zieht sich an und geht runter in die Küche, wo seine Familie bereits frühstückt.

„Morgen, Theo", sagt seine Mutter. „Wie war der Abend gestern?"

„Es war großartig", antwortet Theo und setzt sich.

„Wirklich?", fragt seine Mutter überrascht. „Das ist ja fantastisch!"

„Ja, das ist es", antwortet Theo und lächelt. „Und jetzt hab ich viele neue Ideen für weitere Auftritte."

Als Theo in die Schule kommt, wird er von seinen Mitschülern mit freundlichen Grüßen und Komplimenten empfangen. Selbst Herr Müller scheint beeindruckt zu sein und nickt ihm anerkennend zu.

„Theo, du warst echt super gestern", sagt einer seiner Klassenkameraden.

„Danke", antwortet Theo bescheiden.

Uta kommt zu ihm und lächelt. „Ich freu mich schon auf unsere nächsten Proben."

„Ich auch", sagt Theo und fühlt sich aufgeregt.

In den nächsten Tagen konzentrieren sich Theo und seine Freunde auf die Planung weiterer Auftritte und die Verbesserung ihrer Sketche. Sie treffen sich regelmäßig nach der Schule und arbeiten hart daran, ihre Ideen zu verwirklichen.

„Du musst selbstbewusster auftreten", sagt Uta während einer Probe. „Die Leute sollen sehen, dass du Spaß hast."

„Okay, ich versuche es", antwortet Theo und atmet tief durch.

„Und vergiss nicht, die Pointen richtig zu betonen", fügt Lena hinzu. „Das macht den Unterschied."

Eines Tages schlägt Paul vor, dass sie ihre Auftritte aufnehmen und online stellen könnten. „So können noch mehr Leute deine Shows sehen, Theo", erklärt er.

„Das ist eine großartige Idee", sagt Uta begeistert. „Wir könnten einen YouTube-Kanal starten."

„Ja, das klingt cool", stimmt Theo zu. „Aber wie machen wir das?"

„Ich kann mich um die Technik kümmern", bietet Paul an. „Ich hab eine gute Kamera und kann die Videos schneiden."

„Super", sagt Theo. „Dann lasst uns das machen."

Sie beginnen damit, ihre Sketche auf Video aufzunehmen. Paul kümmert sich um die Kamera und die Technik, während Theo, Lena, Max und Uta vor der Kamera stehen. Es ist eine neue Herausforderung, aber auch verbunden mit einer Menge Spaß.

„Das war echt gut", sagt Paul nach der ersten Aufnahme. „Ich werde das bearbeiten und dann hochladen."

„Danke, Paul", sagt Theo. „Ich bin gespannt, wie es ankommt."

Ein paar Tage später ist das erste Video fertig und wird hochgeladen. Theo und seine Freunde sitzen gespannt vor dem Computer und warten auf die ersten Reaktionen.

„Wow..., da, wir haben ja schon die ersten Likes", ruft Lena aufgeregt.

„Und ein paar Kommentare", fügt Max hinzu. „Die Leute scheinen es echt zu mögen."

„Das ist der Anfang von etwas Großem", sagt Uta und lächelt Theo an.

„Ja, das ist es", antwortet Theo und fühlt sich glücklich und zufrieden. „Danke, dass ihr immer für mich da seid."

Neue Freunde, neue Probleme

Theo wacht am nächsten Morgen mit einem Lächeln auf. Die letzten Tage waren total aufregend und voller neuer Erfahrungen. Er zieht sich an und macht sich bereit für die Schule.

„Theo, komm runter zum Frühstück!", ruft seine Mutter.

„Yep... bin im Anflug!", ruft Theo und eilt die Treppe hinunter. In der Küche herrscht wie immer ein reger Betrieb.

„Morgen, Theo", sagt seine Mutter. „Hast du gut geschlafen?"

„Ja, super", antwortet Theo und schnappt sich eine Schüssel Müsli. „Ich bin gespannt, was heute passiert."

„Das ist die richtige Einstellung", sagt sein Vater lächelnd. „Hab einen guten Tag."

Theo verabschiedet sich und macht sich auf den Weg zur Schule. Unterwegs trifft er Lena und Max.

„Hey, Theo!", ruft Lena. „Bereit für einen neuen Tag?"

„Immer", antwortet Theo und gibt ihr einen High-Five.

Der Schultag beginnt wie jeder andere, aber Theo fühlt sich irgendwie anders. Er hat mehr Selbstvertrauen und bemerkt, dass ihn seine Mitschüler anders behandeln.

Sie grüßen ihn freundlich und einige machen ihm Komplimente zu seinem Auftritt beim Schulfest.

„Hey, Theo, das war echt super gestern", sagt ein Klassenkamerad.

„Danke", antwortet Theo bescheiden.

In der Pause setzen sich Theo, Lena und Max auf ihre übliche Bank im Schulhof. Paul kommt rüber und setzt sich zu ihnen.

„Hey, Leute", sagt Paul. „Habt ihr schon von der neuen Schülerin gehört?"

„Neue Schülerin?", fragt Theo neugierig.

„Ja, sie ist heute neu in unsere Klasse gekommen", erklärt Paul. „Ich hab gehört, sie heißt Anna und kommt aus Berlin."

„Cool, vielleicht können wir sie nachher kennenlernen", sagt Lena. „Neue Freunde sind immer gut."

„Auf jeden Fall", stimmt Max zu. „Lasst uns nachher mal schauen, ob wir sie finden."

Nach der Pause sehen sie Anna in der Klasse sitzen. Sie wirkt etwas verloren und unsicher. Theo beschließt, auf sie zuzugehen.

„Hi, du musst Anna sein", sagt er freundlich. „Ich bin Theo."

„Ja, genau", antwortet Anna schüchtern. „Schön, dich kennenzulernen, Theo."

„Das sind meine Freunde Lena und Max", stellt Theo die anderen vor. „Willkommen in unserer Schule."

„Danke", sagt Anna und lächelt. „Ich bin noch etwas nervös, aber es ist schön, so freundlich empfangen zu werden."

„Keine Sorge, wir helfen dir, dich hier einzuleben", sagt Lena ermutigend.

In den nächsten Tagen wird Anna dann ein Teil ihrer Clique. Sie verstehen sich gut und verbringen viel Zeit zusammen. Theo merkt, dass Anna klug und witzig ist, und sie bringt eine frische Perspektive in die Gruppe.

„Ich finde es cool, dass ihr mich so aufgenommen habt", sagt Anna eines Tages. „Es ist nicht leicht, neu in eine Schule zu kommen."

„Das kennen wir alle", sagt Theo. „Ich war auch mal der Neue hier."

„Und jetzt bist du der Star der Schule", lacht Lena.

„Ja, naja, ich arbeite dran", grinst Theo.

Wenig Tage später bemerken sie, dass Anna von ein paar älteren Schülern gehänselt wird. Sie stehen in einer Ecke des Schulhofs und stoßen sie herum.

„Hey, was soll das?", ruft Theo und geht auf die Gruppe zu. „Lasst sie in Ruhe!"

„Was willst du denn, du Clown?", fragt einer der älteren Schüler spöttisch. „Geh lieber zurück auf die Bühne und mach 'nen Witz."

„Ich meine es ernst", sagt Theo fest. „Lasst sie in Ruhe oder ihr habt ein Problem."

Die älteren Schüler lachen, aber Theo bleibt standhaft. Lena und Max stellen sich ebenfalls schützend vor Anna.

„Ihr seid echt erbärmlich", sagt Lena. „Habt ihr nichts Besseres zu tun?"

„Kommt, lasst uns gehen", murmelt einer der älteren Schüler, und sie ziehen sich widerwillig zurück.

„Danke, dass ihr mir geholfen habt", sagt Anna dankbar. „Ich wusste nicht, was ich tun sollte."

„Keine Sorge, wir sind für dich da", sagt Theo. „Du bist hier nicht allein."

Später am Tag, während sie zusammensitzen, diskutieren sie über das Mobbing.

„Das war echt krass heute", sagt Max. „Warum sind Leute manchmal so gemein?"

„Ich versteh's auch nicht", antwortet Lena. „Es ist einfach unfair."

„Vielleicht sollten wir etwas dagegen tun", schlägt Anna vor. „Wir könnten eine Kampagne starten, um Mobbing in unserer Schule zu bekämpfen."

„Das ist eine großartige Idee", sagt Theo. „Wir könnten Poster machen und Workshops organisieren."

„Ja, und wir könnten die Schüler dazu bringen, über ihre Erfahrungen zu sprechen", fügt Lena hinzu. „Das könnte wirklich helfen."

Sie beschließen, ihren Plan in die Tat umzusetzen. Sie sprechen mit ihren Lehrern und der Schulleitung und bekommen die Erlaubnis, eine Anti-Mobbing-Kampagne zu starten.

„Ich bin stolz auf euch", sagt ihre Lehrerin. „Das ist ein wichtiger Schritt in die richtige Richtung."

„Danke", sagt Theo. „Wir werden unser Bestes geben."

In den nächsten Wochen arbeiten sie hart an der Kampagne. Sie erstellen Poster, organisieren Workshops und halten Vorträge in den Klassen.

„Wir müssen die Leute dazu bringen, ihre Geschichten zu teilen", sagt Lena. „Das wird anderen Mut machen, sich zu wehren."

„Ja, und wir sollten auch die Lehrer einbeziehen", fügt Max hinzu. „Sie müssen wissen, was vor sich geht."

„Ich werde einen Blog starten", schlägt Anna vor. „Dort können die Schüler anonym über ihre Erfahrungen berichten."

„Das ist eine geniale Idee", sagt Theo. „Lass uns das machen."

Die Kampagne zeigt schnell Wirkung. Immer mehr Schüler sprechen über ihre Erfahrungen und berichten, wie sie sich gegen Mobbing gewehrt haben.

„Das ist echt beeindruckend", sagt Theo, als sie die ersten Blogeinträge lesen. „Die Leute trauen sich endlich, ihre Stimme zu erheben."

„Ja, und die Lehrer sind auch viel aufmerksamer geworden", fügt Lena hinzu. „Das ist ein großer Schritt nach vorne."

Eines Tages, während sie zusammensitzen, diskutieren sie über die Rolle der sozialen Medien beim Mobbing.

„Ich glaube, soziale Medien spielen eine große Rolle beim Mobbing", sagt Anna. „Viele Leute nutzen sie, um andere zu belästigen. Es gibt viel zu viele Hasspostings im Netz."

„Ja, das stimmt", antwortet Theo. „Es ist einfach, hinter einem Bildschirm gemein zu sein."

„Vielleicht sollten wir unser nächstes Projekt darauf konzentrieren", schlägt Lena vor. „Wir könnten untersuchen, wie soziale Medien Mobbing beeinflussen."

„Das ist die Idee", sagt Theo. „Lasst uns das starten."

In den folgenden Tagen beginnen sie mit der Planung ihres neuen Projekts. Sie sammeln Informationen, führen Interviews und erstellen eine Präsentation.

„Wir müssen herausfinden, wie soziale Medien unser Verhalten beeinflussen", sagt Max. „Das wird echt spannend."

„Ja, und wir sollten auch über die positiven Aspekte sprechen", fügt Anna hinzu. „Es gibt auch viele gute Seiten an sozialen Medien."

„Ich werde einen Fragebogen erstellen", schlägt Theo vor. „Dann können wir herausfinden, was unsere Mitschüler darüber denken."

Sie arbeiten wirklich hart an ihrem Projekt, führen Umfragen durch, sammeln Daten und bereiten ihre Präsentation vor.

„Das ist echt interessant", sagt Lena, als sie die ersten Ergebnisse durchgeht. „Ich hätte nicht gedacht, dass so viele Leute negative Erfahrungen gemacht haben."

„Ja, es ist erstaunlich", stimmt Theo zu. „Aber es gibt auch viele positive Geschichten."

„Das wird eine mega Präsentation", sagt Anna. „Ich bin gespannt, wie sie ankommt."

Der Tag der Präsentation ist gekommen. Theo und seine Freunde sind nervös, aber auch gut vorbereitet. Sie stellen ihr Projekt vor und beantworten die Fragen ihrer Mitschüler und Lehrer.

„Das war wirklich gut", sagt ihre Lehrerin nach der Präsentation. „Ihr habt das Thema sehr gut recherchiert und präsentiert."

„Danke", sagt Theo und fühlt sich erleichtert. „Wir haben lang daran gearbeitet."

Nach der Präsentation diskutieren sie mit ihren Mitschülern über die Ergebnisse.

„Voll interessant", sagt ein Mitschüler. „Ich wusste gar nicht, dass soziale Medien so einen großen Einfluss haben."

„Ja, das ist krass", antwortet Theo. „Aber es gibt auch viele positive Seiten."

„Ich finde, ihr habt das Thema sehr gut dargestellt", sagt ein anderer Mitschüler. „Es hat mich echt zum Nachdenken gebracht."

„Das war unser Ziel", sagt Lena lächelnd. „Wir wollten die Leute dazu bringen, über ihre Erfahrungen nachzudenken."

In den darauffolgenden Wochen lag der Focus wieder auf dem Schulalltag. Theo merkt schnell, dass der Unterricht schwieriger wird, aber er gibt nicht auf.

„Mathe ist echt hart dieses Jahr", sagt er eines Tages zu Lena. „Herr Müller scheint noch strenger zu sein als letztes Jahr."

„Ja, aber wir schaffen das", antwortet Lena. „Wir müssen nur dranbleiben."

In der Zwischenzeit freunden sie sich auch mit anderen Schülern an, die sich ihrer Kampagne anschließen. Sie gründen eine kleine Gruppe, die sich regelmäßig trifft und über ihre Erfahrungen spricht.

„Es ist so schön, neue Freunde zu haben", sagt Anna eines Tages. „Ihr seid die besten."

„Ja...", sagt Theo lächelnd. „Und jetzt lasst uns etwas unternehmen."

Wenige Tage danach kommt ein neuer Lehrer in ihre Klasse. Herr Schmidt ist jung und dynamisch und bringt frischen Wind in den Unterricht.

„Guten Morgen, Klasse", begrüßt er sie. „Ich bin Herr Schmidt und werde euch dieses Jahr in Geschichte unterrichten."

„Er scheint nett zu sein", flüstert Lena zu Theo.

„Ja, ich hoffe, er macht den Unterricht interessant", antwortet Theo.

Herr Schmidt gibt ihnen eine neue Aufgabe. „Ich möchte, dass ihr in Gruppen ein Projekt über ein historisches Ereignis erstellt", erklärt er. „Wählt etwas, das euch interessiert, und bereitet eine Präsentation vor."

„Wie wäre es mit der Französischen Revolution?", schlägt Anna vor. „Das ist ein spannendes Thema."

„Ja, das klingt gut", stimmt Theo zu. „Lasst uns das angehen."

In der nächsten Zeit verbringen sie öfters viele Stunden in der Bibliothek und im Internet, um Informationen zu sammeln. Sie lesen Bücher, schauen Dokumentationen und diskutieren gemeinsam ihre Ideen.

„Das ist echt interessant", sagt Max, als sie über die Ereignisse der Französischen Revolution sprechen. „Ich hätte nicht gedacht, dass Geschichte so spannend sein kann."

„Ja, Herr Schmidt hat uns echt motiviert", antwortet Theo. „Ich bin gespannt, wie unsere Präsentation ankommt."

Sie arbeiten hart an der Präsentation und üben ihre Vorträge. Herr Schmidt unterstützt sie und gibt ihnen hilfreiche Tipps.

„Ihr macht das wirklich gut", sagt er eines Tages. „Ich bin sicher, dass eure Präsentation großartig wird."

„Danke, Herr Schmidt", sagt Theo. „Wir geben unser Bestes."

Der Tag der Präsentation ist gekommen. Theo und seine Freunde sind gut vorbereitet und aufgeregt. Sie stellen ihre Arbeit vor und beantworten die Fragen ihrer Mitschüler und Lehrer.

„Das war wirklich beeindruckend", sagt Herr Schmidt nach der Präsentation. „Ihr habt das Thema sehr gut recherchiert und dargestellt."

„Danke", sagt Theo und fühlt sich stolz. „Wir haben auch echt daran gearbeitet."

Nach der Präsentation diskutieren sie mit ihren Mitschülern über soziale Themen und die Bedeutung von Geschichte.

„Es ist echt wichtig, über diese Dinge zu sprechen", sagt Lena. „Geschichte kann uns viel über unsere eigene Zeit lehren."

„Ja, und es ist interessant zu sehen, wie sich die Gesellschaft verändert hat", fügt Theo hinzu.

„Ich finde, wir sollten mehr über solche Themen sprechen", sagt ein Mitschüler. „Es hilft uns, die Welt besser zu verstehen."

„Das stimmt", sagt Anna. „Und es ist auch spannend."

Dann, urplötzlich, schlägt Lena vor, dass sie ein eigenes Theaterstück schreiben und aufführen könnten.

„Es gibt bald einen Wettbewerb für das beste Schüler-Theaterstück", erklärt sie. „Das wäre eine großartige Gelegenheit."

„Das klingt nach einer tollen Idee", sagt Theo. „Aber worüber sollen wir schreiben?"

„Wie wäre es mit einer modernen Version eines klassischen Stücks?", schlägt Anna vor. „Wir könnten eine eigene Interpretation machen."

„Das ist eine großartige Idee", stimmt Max zu. „Lasst uns loslegen."

Unmittelbar nach dem Unterricht treffen sie sich bei Theo zu Hause und beginnen mit der Planung ihres Theaterstücks. Sie sammeln Ideen, schreiben ein Drehbuch und planen die Szenen.

„Ich denke, wir sollten etwas Lustiges machen", sagt Anna. „Etwas, das die Leute zum Lachen bringt."

„Ja, und wir könnten unsere eigenen Erfahrungen einfließen lassen", fügt Theo hinzu. „Das macht es authentischer."

„Ich kümmere mich um die Technik", bietet Paul an.

„Perfekt", sagt Lena. „Dann haben wir alles, was wir brauchen."

In den nächsten Tagen beginnen sie mit den Proben. Sie haben viele lustige Momente und lernen, wie man zusammenarbeitet.

„Das war eine großartige Szene", sagt Paul, nachdem sie eine besonders lustige Szene geprobt haben. „Ihr seid echt gut."

„Danke, Paul", sagt Theo. „Ohne dich könnten wir das nicht machen."

„Wir sind ein tolles Team", sagt Anna lächelnd.

Der Tag der Aufführung ist gekommen. Die Freunde sind nervös, aber auch aufgeregt. Ihr Theaterstück wird als eines der letzten Beiträge gezeigt.

„Ich hoffe, es gefällt den Leuten", sagt Theo nervös.

„Mach dir keine Sorgen", sagt Lena beruhigend. „Wir haben wirklich gut daran gearbeitet."

Als ihr Stück aufgeführt wird, hören sie das Lachen und die Zustimmung der Zuschauer. Am Ende bekommen sie tosenden Applaus.

„Das war fantastisch!", ruft eine Lehrerin. „Ihr habt großartige Arbeit geleistet."

„Danke", sagt Theo und strahlt. „Wir hatten viel Spaß dabei."

Am Ende des Tages wird der Gewinner des Wettbewerbs bekannt gegeben. Zu ihrer großen Überraschung und Freude gewinnen Theo und seine Freunde den ersten Preis.

„Ich kann es nicht glauben!", ruft Lena. „Wir haben gewonnen!"

„Das ist der Wahnsinn!", stimmt Max zu.

„Ich bin so stolz auf uns", sagt Anna und umarmt ihre Freunde.

„Wir haben es wirklich geschafft", sagt Theo und fühlt sich überglücklich.

Der Tag endet natürlich mit einer großen Feier. Sie gehen in den Park und genießen ihren Sieg. Theo fühlt sich glücklich und dankbar für seine Freunde und die neuen Erfahrungen.

„Das war ein unvergesslicher Tag", sagt Theo. „Ich bin so froh, dass wir das gemacht haben."

„Wir auch", sagt Lena. „Das ist erst der Anfang."

„Ja, lasst uns sehen, was die Zukunft bringt", sagt Anna lächelnd.

Die Freundschaft zwischen Theo, Lena, Max und Anna wächst stetig weiter. Sie unterstützen sich gegenseitig und helfen einander bei den Herausforderungen des Schulalltags.

„Es ist so schön, Freunde wie euch zu haben", sagt Anna eines Tages. „Ihr seid immer für mich da."

„Das machen Freunde so", antwortet Theo lächelnd. „Wir sind ein Team."

Ein Lichtblick

Theo wacht an einem trüben Morgen auf. Der Himmel ist grau und es sieht nach Regen aus. Er zieht sich an und geht in die Küche, wo seine Mutter schon das Frühstück vorbereitet hat.

„Morgen, Theo", sagt sie. „Du siehst müde aus. Alles in Ordnung?"

„Ja, alles gut", murmelt Theo und schnappt sich einen Toast. „Es ist nur... naja, die Schule ist gerade ziemlich stressig."

„Ich verstehe", sagt seine Mutter mitfühlend. „Denk daran, dass du immer mit uns reden kannst."

„Danke, Mama", sagt Theo und gibt ihr einen Kuss auf die Wange. „Ich geh dann mal."

Auf dem Schulweg trifft Theo Lena und Max. Sie sind etwas spät dran und laufen zusammen zur Schule, doch Theo wirkt abwesend.

„Hey, alles okay bei dir?", fragt Lena besorgt.

„Ja, es geht schon", antwortet Theo zögernd. „Es ist nur... die Mobber machen mir das Leben schwer."

„Was haben sie diesmal gemacht?", fragt Max.

„Sie haben meinen Spind voll mit Müll gestopft und meine Bücher ruiniert", sagt Theo frustriert. „Es ist einfach nur nervig."

„Das geht gar nicht", sagt Lena entschlossen. „Wir müssen etwas dagegen unternehmen."

„Ja, wir stehen hinter dir, Theo", fügt Max hinzu. „Wir lassen nicht zu, dass sie dich weiter so behandeln."

In der Pause setzen sie sich auf ihre Bank im Schulhof. Theo erzählt Lena und Max von den ständigen Schikanen.

„Es ist nicht das erste Mal", sagt Theo. „Ich weiß nicht, warum sie mich immer wieder ins Visier nehmen."

„Vielleicht weil sie neidisch auf dich sind", sagt Lena. „Du bist talentiert und hast Freunde, die dich unterstützen."

„Aber das ist doch kein Grund, jemanden zu mobben", sagt Theo.

„Nein, das ist es nicht", sagt Max. „Deshalb müssen wir etwas unternehmen. Wir könnten mit Frau Weber sprechen. Sie hat uns immer unterstützt."

„Gute Idee", sagt Theo. „Lasst uns nach der Schule zu ihr gehen."

Nach dem Unterricht klopfen sie an Frau Webers Tür. Sie lädt sie ein, sich zu setzen, und hört aufmerksam zu, als Theo von den Mobbingvorfällen erzählt.

„Das ist wirklich ernst", sagt Frau Weber nachdenklich. „Wir müssen sicherstellen, dass solche Vorfälle nicht mehr passieren. Ich werde mit der Schulleitung darüber sprechen."

„Danke, Frau Weber", sagt Theo erleichtert. „Ich weiß nicht, was ich ohne Ihre Unterstützung machen würde."

„Du bist nicht allein, Theo", sagt Frau Weber.

Am nächsten Tag berät Frau Weber sich mit der Schulleitung und plant Maßnahmen gegen Mobbing. Gleichzeitig beschließen Theo, Lena und Max, ihre eigene Strategie zu entwickeln.

„Wir könnten noch einmal eine große Anti-Mobbing-Kampagne starten, die erste damals war ja schon gut", schlägt Lena vor.

„Ja, und wir könnten eine anonyme Meldestelle einrichten", fügt Max hinzu. „Damit sich Betroffene sicher fühlen."

„Und wir könnten wieder Workshops und Vorträge organisieren", sagt Theo. „Damit endlich alle verstehen, wie ernst das Thema ist."

„Das klingt nach einem Plan", sagt Lena entschlossen. „Lasst uns gleich damit anfangen."

In den nächsten Wochen arbeiten sie sehr intensiv an diesem Projekt. Sie erstellen wieder einmal Poster, planen Workshops und sprechen mit ihren Mitschülern.

„Es ist wichtig, dass wir alle zusammenhalten", sagt Lena während eines Workshops. „Mobbing kann jeden treffen."

„Wir müssen füreinander da sein", ergänzt Max. „Nur so können wir eine positive Schulatmosphäre schaffen."

„Und wenn ihr etwas beobachtet, sagt es jemandem", fügt Theo hinzu. „Lasst uns das zusammen durchstehen."

Die Resonanz ist positiv. Immer mehr Schüler schließen sich der Kampagne an und unterstützen Theo und seine Freunde.

Eines Tages, während sie im Park sind, kommt ein Junge namens Tim auf sie zu. Er wirkt nervös und unsicher.

„Hey, kann ich kurz mit euch reden?", fragt er zögernd.

„Klar, was gibt's?", fragt Theo freundlich.

„Ich... ich wollte mich entschuldigen", sagt Tim. „Ich war einer von denen, die dich gemobbt haben."

Theo ist überrascht. „Warum kommst du jetzt zu uns?"

„Ich hab eingesehen, dass es falsch war", sagt Tim. „Eure Kampagne hat mir die Augen geöffnet. Ich möchte mich ändern und euch unterstützen."

„Das ist mutig von dir", sagt Lena. „Es ist nie zu spät, das Richtige zu tun."

„Danke", sagt Tim erleichtert. „Ich will wirklich helfen."

Mit Tim an ihrer Seite wächst die Gruppe weiter. Sie bekommen Unterstützung von immer mehr Mitschülern, und die Stimmung in der Schule beginnt sich zu ändern.

„Es ist erstaunlich, wie sich alles verändert hat", sagt Theo eines Tages. „Ich hätte nie gedacht, dass auf einmal so viele Leute hinter uns stehen werden."

„Ja, das zeigt, wie wichtig es ist, zusammenzuhalten", sagt Lena.

„Und wir dürfen nicht aufgeben", sagt Max. „Es gibt immer noch viel zu tun."

Eines Tages, während einer Schulversammlung, spricht Frau Weber und holt Theo auf die Bühne.

„Wir haben heute eine besondere Ankündigung", beginnt Frau Weber. „Theo und seine Freunde haben eine beeindruckende Kampagne gegen Mobbing gestartet, und wir möchten ihre Bemühungen anerkennen."

Der Schulleiter überreicht Theo eine Urkunde und bedankt sich bei ihm und seinen Freunden für ihren Einsatz.

„Das ist für euch alle", sagt Theo gerührt. „Wir hätten das nie ohne eure Unterstützung geschafft."

Die ganze Schule applaudiert, und Theo fühlt sich endlich anerkannt und respektiert.

Nach der Versammlung treffen sie sich im Park, um den Erfolg zu feiern.

„Ich kann immer noch nicht glauben, dass wir es geschafft haben", sagt Theo glücklich. „Es fühlt sich an wie ein Traum."

„Nein, das ist Realität", sagt Lena.

„Ja, und es zeigt, dass wir zusammen alles schaffen können", sagt Max. „Freundschaft und Unterstützung sind das Wichtigste."

Mit dem Erfolg ihrer Anti-Mobbing-Kampagne beschließen Theo und seine Freunde, weiterzumachen und neue Projekte zu starten.

„Wir könnten eine AG gründen, in der wir uns regelmäßig treffen und neue Ideen entwickeln", schlägt Lena vor.

„Ja, und wir könnten Workshops zu verschiedenen Themen anbieten", fügt Max hinzu. „Zum Beispiel zu Cybermobbing oder sozialer Medien."

„Das ist eine großartige Idee", sagt Theo begeistert.

Die AG wird schnell populär. Viele Schüler schließen sich an, und sie entwickeln neue Projekte und Ideen.

„Es ist toll zu sehen, wie viele Leute mitmachen wollen", sagt Lena stolz. „Wir können endlich wirklich etwas bewegen."

„Ja, und es zeigt, dass wir nicht allein sind", sagt Max.

Während eines AG-Treffens, kommt plötzlich eine Schülerin namens Sarah auf Theo zu.

„Theo, ich wollte dir danken", sagt sie schüchtern. „Dank deiner Kampagne habe ich den Mut gefunden, mich gegen meine Mobber zu wehren."

„Das freut mich zu hören", sagt Theo. „Du bist nicht allein, Sarah.

„Danke", sagt Sarah und lächelt.

Mit der Zeit entwickelt sich eine starke Gemeinschaft an der Schule. Die Schüler unterstützen sich gegenseitig und arbeiten zusammen, um eine positive Umgebung zu schaffen.

„Es ist erstaunlich, wie sich alles verändert hat", sagt Lena eines Tages. „Die Schule fühlt sich jetzt so viel sicherer an."

„Ja, und es zeigt, dass wir wirklich etwas bewirken können", sagt Max. „Das macht mich stolz."

Obwohl sie viele Erfolge erzielt haben, stehen Theo und seine Freunde weiterhin vor Herausforderungen. Es gibt immer noch Schüler, die Schwierigkeiten haben, sich gegen Mobbing zu wehren.

„Wir müssen weiter daran arbeiten", sagt Theo entschlossen. „Wir dürfen nicht aufgeben."

„Ja, wir müssen sicherstellen, dass niemand zurückgelassen wird", sagt Lena. „Jeder verdient es, sich sicher zu fühlen."

Theo hat eine neue Idee für ein Projekt. „Wie wäre es, wenn wir ein Mentorensystem einrichten?", schlägt er vor. „Ältere Schüler könnten jüngere Schüler unterstützen und ihnen helfen, sich zurechtzufinden."

„Das ist eine großartige Idee", sagt Max begeistert. „Das könnte wirklich helfen."

„Ja, lasst uns das machen", sagt Lena. „Wir können mit den Lehrern darüber sprechen und es organisieren."

Zunächst arbeiten sie daran, das Mentorensystem einzurichten. Sie rekrutieren ältere Schüler, die als Mentoren fungieren, und organisieren Treffen mit den jüngeren Schülern.

„Es ist wichtig, dass sich die jüngeren Schüler unterstützt fühlen", sagt Theo während eines Treffens. „Wir müssen ihnen zeigen, dass sie nicht allein sind."

„Ja, und wir können ihnen helfen, Selbstvertrauen aufzubauen", fügt Lena hinzu. „Das wird ihnen im Schulalltag sehr helfen."

Das Mentorensystem zeigt schnell Wirkung. Die jüngeren Schüler fühlen sich unterstützt und sicherer in der Schule.

„Das System ist echt hilfreich", sagt ein jüngerer Schüler namens Tom. „Mein Mentor hat mir viel geholfen."

„Das freut mich zu hören", sagt Theo.

Durch das Mentorensystem entstehen aber auch viele neue Freundschaften. Die Schüler lernen voneinander und unterstützen sich gegenseitig.

„Es ist toll zu sehen, wie sich alle gegenseitig helfen", sagt Lena eines Tages. „Das macht die Schule zu einem besseren Ort."

„Ja...", sagt Max. „Freundschaft und Unterstützung sind das Wichtigste."

Die Schule organisiert ein großes Fest, um die Erfolge der Kampagnen und Projekte zu feiern. Es gibt Musik, Essen und viele Aktivitäten.

„Das ist eine großartige Gelegenheit, um zu feiern und neue Freundschaften zu schließen", sagt Theo.

„Ja, und um zu zeigen, wie viel wir erreicht haben", sagt Lena. „Das wird ein unvergesslicher Tag."

Die Schüler und Lehrer genießen die Aktivitäten und feiern die Erfolge der letzten Monate.

„Das ist der beste Tag überhaupt", sagt Theo glücklich. „Ich bin so stolz auf uns."

„Das haben wir uns verdient", sagt Lena. „Wir haben so viel erreicht."

„Und es zeigt, dass wir zusammen alles schaffen können", sagt Max.

Während des Festes kommt Frau Weber zu Theo und seinen Freunden und bedankt sich für ihre Arbeit.

„Ihr habt wirklich etwas Großes erreicht", sagt sie. „Ihr habt gezeigt, wie wichtig Freundschaft und Unterstützung sind."

„Danke, Frau Weber", sagt Theo. „Wir hätten es ohne Ihre Unterstützung nicht geschafft."

„Ihr habt das wirklich verdient", sagt Frau Weber. „Ich bin stolz auf euch."

Mit dem Ende des Schuljahres und dem Beginn der Sommerferien blicken Theo und seine Freunde optimistisch in die Zukunft.

„Ich bin gespannt, was die Zukunft bringt", sagt Theo. „Wir schaffen das zusammen."

„Ja, Freundschaft für immer", sagt Lena lächelnd.

Lehrerstress

Früh am Morgen, Theo wacht auf und reibt sich verschlafen die Augen. Ein neuer Schultag wartet auf ihn. Er steht auf, zieht sich an und geht in die Küche.

„Morgen, Theo", sagt seine Mutter und stellt ihm einen Teller mit Rührei hin. „Bereit für den Tag?"

„Ja, denke schon", murmelt Theo und schiebt sich das Rührei in den Mund. „Hoffentlich wird's heute nicht so stressig."

„Mach das Beste draus", sagt seine Mutter und lächelt.

Theo schnappt sich seinen Rucksack und verlässt das Haus. Auf dem Weg zur Schule trifft er auf Lena und Max.

„Hey, Leute", begrüßt Theo seine Freunde. „Was steht heute an?"

„Mathe mit Müller", seufzt Lena. „Ich hoffe, er ist heute mal nicht so mies drauf."

„Ja, der Typ ist echt anstrengend", fügt Max hinzu. „Aber wir müssen da durch."

„Ich hab gehört, dass er heute einen Test angekündigt hat", sagt Theo. „Also lasst uns hoffen, dass wir gut vorbereitet sind."

In der Schule angekommen, gehen sie direkt zum Matheunterricht. Herr Müller steht bereits an der Tafel und notiert Aufgaben.

„Setzt euch, wir beginnen sofort", sagt er streng.

Der Test beginnt, und Theo fühlt sich sofort unter Druck gesetzt. Herr Müller geht durch die Reihen und beobachtet die Schüler mit scharfem Blick.

„Noch fünf Minuten", ruft Herr Müller.

Theo versucht sich zu konzentrieren, aber die Fragen sind schwierig und die Zeit knapp.

„Zeit ist um", ruft Herr Müller und sammelt die Tests ein. „Ich erwarte bessere Ergebnisse als letztes Mal."

Theo seufzt und hofft, dass er einigermaßen gut abgeschnitten hat.

In der Pause setzen sie sich wieder auf ihre Bank im Schulhof.

„Das war echt hart", sagt Theo frustriert. „Ich hab das Gefühl, ich hab total versagt."

„Ja, Müller ist echt ein harter Brocken", sagt Lena. „Aber wir müssen einfach dranbleiben."

„Ich hoffe, dass wir es schaffen", sagt Max. „Der Typ ist echt der Lehrer von der Hölle."

Nach der Pause geht es weiter mit dem Unterricht bei Herrn Müller. Theo fühlt sich immer noch gestresst vom Test.

„Theo, komm mal nach vorne", sagt Herr Müller plötzlich. „Ich möchte dir etwas zeigen."

Theo geht nervös nach vorne und sieht, dass Herr Müller seinen Test in der Hand hält.

„Das hier ist nicht akzeptabel", sagt Herr Müller scharf. „Du hast dich nicht genug vorbereitet."

„Aber ich hab wirklich mein Bestes gegeben", protestiert Theo. „Die Fragen waren echt schwer."

„Das ist keine Ausrede", sagt Herr Müller. „Du musst härter arbeiten."

Theo fühlt sich gedemütigt und wütend zugleich. „Das ist unfair", murmelt er, als er sich wieder setzt.

Nach dem Unterricht geht Theo zu Frau Weber, um über den Vorfall zu sprechen.

„Frau Weber, ich weiß nicht, was ich tun soll", sagt Theo verzweifelt. „Herr Müller ist immer so streng und unfair."

„Ich verstehe, dass es schwierig ist", sagt Frau Weber mitfühlend. „Aber du darfst dich nicht entmutigen lassen. Manchmal müssen wir uns mit schwierigen Menschen auseinandersetzen."

„Aber es fühlt sich so hoffnungslos an", sagt Theo. „Ich weiß nicht, wie ich das schaffen soll."

„Wir werden eine Lösung finden", sagt Frau Weber. „Vielleicht sollten wir ein Gespräch mit Herrn Müller und der Schulleitung führen."

„Danke, Frau Weber", sagt Theo. „Ich weiß nicht, was ich ohne Ihre Unterstützung machen würde."

Ein paar Tage später findet das Gespräch mit Herrn Müller, Frau Weber, Theo und der Schulleitung statt.

„Herr Müller, wir haben einige Bedenken bezüglich Ihres Unterrichtsstils", beginnt der Schulleiter.

„Ich tue nur mein Bestes um die Schüler zu motivieren", verteidigt sich Herr Müller. „Es ist wichtig, dass sie hart arbeiten."

„Aber Ihr Ansatz könnte einige Schüler entmutigen", sagt Frau Weber. „Wir müssen sicherstellen, dass alle Schüler die gleiche Chance haben, erfolgreich zu sein."

„Ich werde versuchen, meinen Unterricht anzupassen", sagt Herr Müller widerwillig. „Aber die Schüler müssen auch ihren Teil dazu beitragen."

„Wir werden es versuchen", sagt Theo entschlossen. „Aber wir brauchen auch Ihre Unterstützung."

Der Unterricht bei Herrn Müller bleibt hart, aber Theo und seine Freunde geben ihr Bestes, um mitzuhalten.

„Wir müssen einfach weiter dranbleiben", sagt Theo zu Lena und Max. „Wir dürfen uns nicht unterkriegen lassen."

„Ja, wir schaffen das", stimmt Lena zu. „Zusammen sind wir stark."

„Und wenn wir Hilfe brauchen, können wir immer zu Frau Weber gehen", fügt Max hinzu. „Sie steht hinter uns."

Trotz der Schwierigkeiten gibt es auch positive Momente. Theo merkt, dass er sich langsam verbessert und mehr Vertrauen in seine Fähigkeiten gewinnt.

„Ich hab das Gefühl, dass ich besser werde", sagt er eines Tages zu Lena und Max. „Vielleicht schaffen wir das doch."

„Natürlich schaffen wir das", sagt Lena lächelnd. „Wir müssen nur weiter an uns glauben."

Theo beschließt, einen Lernplan zu erstellen, um sich besser auf den Unterricht bei Herrn Müller vorzubereiten.

„Wir könnten uns regelmäßig treffen und zusammen lernen", schlägt er vor. „So können wir uns gegenseitig unterstützen."

„Das ist eine gute Idee", sagt Lena.

„Ja, und wir können uns gegenseitig motivieren", fügt Max hinzu. „Das wird uns richtig helfen."

In den nächsten Wochen treffen sie sich regelmäßig, um zusammen zu lernen. Sie erstellen Mindmaps, schreiben Zusammenfassungen und erklären sich gegenseitig schwierige Themen.

„Das ist echt hilfreich", sagt Theo, als sie gemeinsam lernen. „Ich hätte nie gedacht, dass Mathe so verständlich sein kann."

„Ja, wir müssen einfach zusammenhalten", sagt Lena. „Dann schaffen wir das."

„Und wenn wir Fragen haben, können wir immer noch Frau Weber um Hilfe bitten", fügt Max hinzu.

Eines Tages, nach einem weiteren Test bei Herrn Müller, bekommt Theo seine Ergebnisse zurück.

„Du hast dich wirklich verbessert, Theo“, sagt Herr Müller widerwillig. „Mach weiter so.“

Theo kann es kaum glauben. „Danke“, sagt er und fühlt sich endlich anerkannt.

„Das ist großartig, Theo“, sagt Lena, als sie die Ergebnisse sieht. „Ich wusste, dass du das schaffst.“

„Ja, das ist der Hammer“, stimmt Max zu. „Wir haben hart gearbeitet, und es hat sich gelohnt.“

Mit diesem Erfolgserlebnis fühlt sich Theo motiviert, weiterzumachen und sich noch mehr anzustrengen. Er merkt, dass er nicht alleine ist und dass er die Unterstützung seiner Freunde und Lehrer hat.

„Ich fühle mich endlich zuversichtlich“, sagt Theo zu Lena und Max. „Wir können das wirklich schaffen.“

„Ja, einfach durchpowern“, sagt Lena

„Und wenn wir Hilfe brauchen, wissen wir, dass wir uns aufeinander verlassen können“, fügt Max hinzu

Eines Tages gibt ihnen Herr Müller eine neue Aufgabe, die besonders anspruchsvoll ist.

„Das hier ist euer nächstes Projekt“, sagt er. „Ich erwarte, dass ihr euch gründlich vorbereitet und gute Ergebnisse liefert.“

Theo fühlt sich sofort unter Druck gesetzt, aber er weiß, dass er sich auf seine Freunde verlassen kann.

„Theo, cool bleiben, wir schaffen das“, sagt Lena zuversichtlich

„Ja, wir müssen einfach zusammenhalten", sagt Max.

In den nächsten Wochen arbeiten sie hart an ihrem Projekt. Sie recherchieren, schreiben Berichte und üben ihre Präsentationen.

„Das ist echt anstrengend", sagt Theo eines Tages. „Aber wir dürfen nicht aufgeben."

„Ja, wir müssen dranbleiben", sagt Lena.

„Und wir haben uns gegenseitig", fügt Max hinzu

Während einer Lernsession kommt Tim auf sie zu. Er ist der Junge, der sich früher entschuldigt hat und jetzt ein Teil ihrer Gruppe ist.

„Hey Leute, kann ich euch helfen?", fragt Tim.

„Klar, setz dich", sagt Theo. „Jede Hilfe ist willkommen."

„Ich hab ein paar gute Ideen für die Präsentation", sagt Tim und zeigt ihnen seine Notizen. „Vielleicht können wir das einbauen."

„Das sieht echt gut aus", sagt Lena. „Danke, Tim."

„Kein Problem", sagt Tim und lächelt. „Ich will, dass wir alle erfolgreich sind."

Der Tag der Präsentation ist gekommen. Theo und seine Freunde sind gut vorbereitet und aufgeregt. Sie stellen ihre Arbeit vor und beantworten die Fragen ihrer Mitschüler und Lehrer.

„Das war wirklich beeindruckend", sagt Herr Müller nach der Präsentation.

Mit dem Erfolg ihrer Präsentation fühlen sie sich motiviert, weiterzumachen. Sie beschließen, ein neues Projekt zu starten und sich neuen Herausforderungen zu stellen.

„Lasst uns sehen, was wir als nächstes machen können", sagt Theo begeistert. „Ich bin gespannt, was die Zukunft bringt."

Der Schulalltag geht weiter, und Theo merkt, dass er sich langsam an Herrn Müllers strengen Unterrichtsstil gewöhnt. Er fühlt sich besser vorbereitet und kann den Herausforderungen besser begegnen.

„Es ist erstaunlich, wie sehr wir uns verbessert haben", sagt Theo eines Tages zu Lena und Max. „Ich hätte nie gedacht, dass wir das schaffen würden."

„Wir haben gearbeitet", stimmt Lena zu. „Und es hat sich gelohnt."

Familienchaos

Theo wird von einem lauten Knall geweckt. Er schüttelt den Schlaf aus den Augen und merkt, dass es aus der Küche kommt. Widerwillig schleppt er sich aus dem Bett und zieht sich an.

„Morgen, Theo", sagt seine Mutter, als er in die Küche kommt. „Ich hab gerade den Toaster geschrottet."

„Wow, Mama", sagt Theo mit einem Grinsen. „Das ist ein neuer Rekord."

„Sehr witzig", sagt seine Mutter und gibt ihm einen Teller mit Toast. „Iss lieber, bevor Marie alles wegfuttert."

Theo setzt sich und nimmt sich ein Stück Toast. Seine Schwester Marie sitzt bereits am Tisch und scrollt durch ihr Handy.

„Kannst du mal dein Handy weglegen und mir die Butter geben?", fragt Theo genervt.

„Hol sie dir doch selbst", antwortet Marie, ohne aufzusehen.

„Wow, danke für die Hilfe", sagt Theo sarkastisch.

„Hört auf zu streiten", mischt sich ihre Mutter ein. „Es ist noch zu früh für so was."

„Na super", murmelt Theo. „Ein weiterer toller Tag."

Nachdem das Frühstück beendet ist, geht Theo in sein Zimmer, um sich auf die Schule vorzubereiten. Marie folgt ihm kurz darauf und lehnt sich an den Türrahmen.

„Was willst du jetzt schon wieder?", fragt Theo genervt.

„Ich wollte nur sagen, dass du nicht so empfindlich sein sollst", sagt Marie. „Du nimmst alles viel zu ernst."

„Oh, entschuldige, dass ich mich über deinen Egoismus aufrege", kontert Theo. „Vielleicht solltest du mal an andere denken."

„Du bist echt anstrengend", sagt Marie und dreht sich um. „Kein Wunder, dass du keine Freunde hast."

„Das war unter der Gürtellinie", ruft Theo ihr hinterher, doch sie ist schon verschwunden.

Theo bleibt frustriert in seinem Zimmer und versucht, sich auf die Schule zu konzentrieren. Doch seine Gedanken kreisen immer wieder um den Streit mit Marie. Schließlich geht er in die Küche, wo seine Mutter das Chaos vom Morgen aufräumt.

„Mama, können wir reden?", fragt Theo.

„Natürlich, Theo", sagt sie und setzt sich zu ihm. „Was ist los?"

„Es ist Marie", sagt Theo. „Sie ist einfach so egoistisch und respektlos."

„Ich weiß, dass sie manchmal schwierig ist", sagt seine Mutter. „Aber sie ist auch deine Schwester. Ihr müsst lernen, miteinander auszukommen."

„Ich weiß, aber es ist so schwer", sagt Theo. „Manchmal hab ich das Gefühl, dass sie mich absichtlich provoziert."

Theo versucht, den Streit mit Marie zu vergessen, als er in der Schule ankommt. Er trifft auf Lena und Max und erzählt ihnen von dem Vorfall.

„Man, das klingt echt hart", sagt Max. „Geschwister können echt nerven."

„Ja, aber du musst lernen, damit umzugehen", sagt Lena. „Vielleicht könnt ihr euch mal in Ruhe aussprechen."

„Ich weiß nicht", sagt Theo. „Es fühlt sich an, als ob wir auf verschiedenen Planeten leben."

Während der Pause setzen sie sich auf ihre Bank im Schulhof. Plötzlich taucht Tim auf, der Junge, der sich früher entschuldigt hat und jetzt ein Teil ihrer Gruppe ist.

„Hey, Theo, alles klar bei dir?", fragt Tim.

„Nicht wirklich", antwortet Theo. „Ich hab Stress mit meiner Schwester."

„Geschwister, huh?", sagt Tim verständnisvoll. „Ich hab auch so meine Probleme mit meinem Bruder. Manchmal hilft es, einfach mal offen darüber zu reden."

„Vielleicht hast du recht", sagt Theo. „Ich sollte es zumindest versuchen."

Nach der Schule geht Theo nach Hause, entschlossen, mit Marie zu reden. Er findet sie in ihrem Zimmer, wo sie laut Musik hört und auf ihrem Bett liegt.

„Marie, können wir reden?", fragt Theo und setzt sich auf den Rand ihres Bettes.

„Was gibt's?", fragt sie ohne aufzusehen.

„Ich will nicht mehr streiten", sagt Theo. „Können wir das bitte klären?"

Marie seufzt und stellt die Musik leiser. „Okay, was ist los?"

„Ich hab das Gefühl, dass du mich ständig provozierst", sagt Theo. „Warum machst du das?"

„Ich provoziere dich nicht absichtlich", sagt Marie. „Es ist nur... ich hab auch meine eigenen Probleme. Manchmal vergesse ich, dass du auch welche hast."

„Vielleicht sollten wir beide mehr Rücksicht aufeinander nehmen", sagt Theo. „Wir sind doch schließlich Geschwister."

Am nächsten Morgen scheint die Sonne, und Theo fühlt sich optimistischer. Er steht auf und geht in die Küche, wo seine Mutter bereits das Frühstück vorbereitet hat.

„Morgen, Theo", sagt sie lächelnd. „Wie war dein Gespräch mit Marie?"

„Es war gut", sagt Theo. „Wir haben uns ausgesprochen und wollen versuchen, besser miteinander klarzukommen."

„Das freut mich zu hören", sagt seine Mutter. „Ich hoffe, es hält an."

„Ich auch", sagt Theo und setzt sich zum Frühstück. „Aber wir werden sehen."

Marie kommt kurz darauf in die Küche und setzt sich zu Theo. Sie schaut ihn an und lächelt.

„Morgen, Theo", sagt sie. „Alles okay?"

„Ja, alles gut", antwortet Theo. „Danke, dass wir gestern geredet haben."

„Kein Problem", sagt Marie. „Ich hoffe, wir können das beibehalten."

„Ich auch", sagt Theo und fühlt sich erleichtert.

Im Laufe des Tages läuft alles reibungsloser. Theo und Marie kommen besser miteinander aus, und die Stimmung zu Hause ist entspannter.

„Hey, Theo, kannst du mir mal bei meinen Hausaufgaben helfen?", fragt Marie am Nachmittag.

„Klar, worum geht's?", fragt Theo.

„Mathe, ich verstehe das nicht so richtig", sagt Marie und setzt sich neben ihn.

Theo erklärt ihr geduldig die Aufgaben, und Marie hört aufmerksam zu.

„Danke, Theo", sagt sie schließlich. „Du bist echt gut darin."

„Kein Problem", sagt Theo und lächelt. „Ich helfe gerne."

Doch das harmonische Familienleben wird schnell wieder auf die Probe gestellt. Eines Abends, als alle am Abendessenstisch sitzen, bricht plötzlich Chaos aus.

„Ich hab keine Lust mehr auf dein ständiges Gemecker, Marie!", platzt es aus Theo heraus.

„Und ich hab keine Lust mehr auf deine ständigen Vorwürfe!", schreit Marie zurück.

Ihre Eltern schauen besorgt, wissen aber nicht, wie sie eingreifen sollen.

„Beruhigt euch", sagt ihr Vater schließlich. „Wir müssen das in Ruhe klären."

Nach dem Abendessen setzt sich die Familie zusammen, um über die Probleme zu sprechen.

„Wir müssen lernen, besser miteinander zu kommunizieren", sagt ihre Mutter. „Sonst werden wir das Chaos hier nie in den Griff bekommen."

„Ich weiß, dass ich manchmal überreagiere", gibt Theo zu. „Aber ich fühle mich oft unverstanden."

„Und ich weiß, dass ich oft egoistisch bin", sagt Marie. „Aber ich hab auch meine eigenen Probleme."

„Wir müssen lernen, Rücksicht aufeinander zu nehmen", sagt ihr Vater. „Das ist der einzige Weg, wie wir das schaffen."

Am nächsten Tag beschließt Theo, es noch einmal zu versuchen. Er geht zu Marie und entschuldigt sich.

„Tut mir leid wegen gestern Abend", sagt er. „Ich wollte dich nicht so anschreien."

„Mir tut's auch leid", sagt Marie. „Ich hätte nicht so ausflippen sollen."

„Vielleicht können wir einen Neuanfang machen", schlägt Theo vor. „Ohne ständige Streitereien."

„Das klingt gut", sagt Marie und lächelt. „Lass es uns versuchen."

Um das Familienchaos in den Griff zu bekommen, schlägt ihre Mutter vor, dass sie gemeinsame Aktivitäten planen.

„Wie wäre es, wenn wir mal zusammen wandern gehen?", fragt sie.

„Das klingt gut", sagt Theo. „Frische Luft tut uns bestimmt gut."

„Ja, und es gibt uns die Gelegenheit, mal in Ruhe zu reden", sagt Marie.

Am Wochenende machen sie sich auf den Weg in die Berge. Die frische Luft und die schöne Landschaft helfen dabei, die Spannungen zu lösen.

„Das tut echt gut", sagt Theo, als sie einen Bergpfad hinaufsteigen. „Ich hab das echt vermisst."

„Ja, das sollten wir öfter machen", stimmt Marie zu. „Es ist so schön hier draußen."

Oben auf dem Berg setzen sie sich auf eine Bank und genießen die Aussicht. Die Sonne scheint, und ein leichter Wind weht.

„Das ist perfekt", sagt Theo. „Ich bin froh, dass wir das gemacht haben."

„Ich auch", sagt Marie und legt ihren Kopf auf seine Schulter. „Das tut echt gut."

Als sie nach dem Ausflug wieder zu Hause eintreffen, fühlen sie sich entspannter. Sie setzen sich zusammen und reden über ihre Erfahrungen.

„Das war echt ein schöner Tag", sagt Theo. „Wir sollten das öfter machen."

„Ja, das hat uns allen gutgetan", sagt ihre Mutter. „Ich hoffe, dass wir das beibehalten können."

„Ich auch", sagt Marie. „Es fühlt sich gut an, endlich mal Ruhe zu haben."

Um das Familienleben weiter zu verbessern, beschließen sie, neue Routinen einzuführen.

„Wie wäre es, wenn wir jeden Abend zusammen Abendessen und danach eine halbe Stunde Zeit für Gespräche einplanen?", schlägt ihr Vater vor.

„Das klingt gut", sagt Theo.

„Ja, und wir können uns über unseren Tag austauschen", stimmt Marie zu.

Am ersten Abend setzen sie sich zusammen und reden über ihren Tag. Theo erzählt von der Schule und seinen Freunden, und Marie spricht über ihre Hausaufgaben und Hobbys.

„Es ist schön, einfach mal zu reden", sagt Theo. „Ich fühle mich besser."

„Ja, und ich fühle mich weniger gestresst", sagt Marie. „Das ist echt eine gute Idee."

„Wir sollten das zur Gewohnheit machen", sagt ihre Mutter. „Es hilft uns allen."

Doch nicht alles läuft reibungslos. Eines Tages kommt Marie weinend nach Hause und wirft sich auf ihr Bett.

„Was ist los?", fragt Theo besorgt und setzt sich zu ihr.

„Ich hab eine schlechte Note in Mathe bekommen", schluchzt sie. „Ich hab so hart gearbeitet, und es hat nichts gebracht."

„Hey, das ist nicht das Ende der Welt", sagt Theo. „Wir werden daran arbeiten und es beim nächsten Mal besser machen."

Theo beschließt, Marie bei ihren Mathehausaufgaben zu helfen. Sie setzen sich zusammen und gehen die Aufgaben durch.

„Das ist echt schwer", sagt Marie. „Ich verstehe das einfach nicht."

„Keine Sorge", sagt Theo. „Wir werden das zusammen durchgehen. Schritt für Schritt."

„Danke, Theo", sagt Marie und lächelt schwach. „Ich weiß das zu schätzen."

Mit Theos Hilfe verbessert sich Maries Verständnis für Mathe. Sie fühlt sich selbstbewusster und schafft es, ihre Aufgaben besser zu lösen.

„Das macht langsam Sinn", sagt sie eines Tages. „Danke, Theo. Ohne dich hätte ich das nicht geschafft."

„Kein Problem", sagt Theo. „Wir sind schließlich Geschwister. Wir müssen uns gegenseitig helfen."

„Ja, das sollten wir", sagt Marie und lächelt.

Am nächsten Abend klopft es an der Tür und Theo öffnet. Es ist ihr Onkel Stefan, der überraschend zu Besuch kommt.

„Hey, Theo", sagt er und umarmt ihn. „Wie läuft's bei euch?"

„Ganz gut", sagt Theo. „Komm rein, wir haben gerade Abendessen."

„Perfekt", sagt Stefan und folgt ihm in die Küche.

Beim Abendessen erzählt Stefan von seinen Abenteuern und Reisen. Die Familie hört gespannt zu und lacht über seine Geschichten.

„Das ist echt spannend", sagt Theo. „Ich wünschte, ich könnte auch so viel reisen."

„Irgendwann wirst du das", sagt Stefan. „Aber genieße erstmal die Zeit mit deiner Familie. Das ist das Wichtigste."

Nach dem Abendessen setzen sie sich ins Wohnzimmer und spielen Gesellschaftsspiele. Es ist eine willkommene Abwechslung vom Alltag.

„Das macht echt Spaß", sagt Marie. „Wir sollten das öfter machen."

„Ja, das sollten wir", stimmt Theo zu. „Es ist schön, Zeit zusammen zu verbringen."

„Ich bin froh, dass ich hier bin", sagt Stefan. „Ihr seid eine tolle Familie."

Am nächsten Morgen verabschiedet sich Stefan und macht sich wieder auf den Weg. Theo und Marie fühlen sich motiviert und optimistisch.

„Es war echt schön, dass Onkel Stefan da war", sagt Theo. „Er hat uns echt gutgetan."

„Ja, das hat er", sagt Marie. „Ich hoffe, er kommt bald wieder."

Der Alltag geht weiter, und es gibt immer wieder neue Herausforderungen. Doch Theo und Marie haben gelernt, besser miteinander umzugehen und sich gegenseitig zu unterstützen.

„Es wird nie perfekt sein", sagt Theo eines Tages. „Aber wir schaffen das gemeinsam."

„Ja, das tun wir", stimmt Marie zu.

Am Abend setzen sie sich wieder zusammen zum Abendessen und reden über ihren Tag. Es ist eine ruhige und friedliche Atmosphäre.

„Ich bin froh, dass wir das beibehalten haben", sagt ihre Mutter. „Es tut uns allen gut."

„Ja, das tut es", sagt Theo. „Ich fühle mich viel lockerer."

„Und ich auch", sagt Marie. „Es ist schön, dass wir endlich mal Ruhe haben."

Mit dem Ende des Tages beginnt ein neues Kapitel im Familienleben. Theo und Marie wissen, dass es nicht immer einfach sein wird, aber sie sind bereit, es gemeinsam anzugehen.

„Ich bin froh, dass wir das geschafft haben", sagt Theo. „Wir haben viel gelernt."

„Ja, das haben wir", stimmt Marie zu. „Und wir werden weiter daran arbeiten."

„Auf jeden Fall", sagt Theo.

Der geheime Plan

Theo schlurft durch die Schultore, die Ohrenstöpsel fest in den Ohren, während er den neuesten Rap-Track hört. Die Musik pumpt ihn auf, aber im Hinterkopf hat er immer noch den Ärger mit den Mobbern. Er trifft Lena und Max vor dem Eingang.

„Hey Leute, was geht?", fragt Theo und zieht die Stöpsel raus.

„Nix besonderes, außer, dass ich Müller immer noch nicht abkann", sagt Lena und rollt die Augen.

„Ja, Mann, der Typ nervt mega", stimmt Max zu. „Aber wir müssen jetzt echt was gegen diese Mobber machen."

„Genau das hab ich auch gedacht", sagt Theo und grinst. „Ich hab da so 'nen Plan..."

Nach der Schule treffen sie sich im alten Baumhaus, ihrem geheimen Treffpunkt. Es ist ein wenig heruntergekommen, aber es ist ihr sicherer Ort.

„Also, was hast du vor?", fragt Lena und setzt sich auf einen der wackeligen Stühle.

„Ich dachte, wir drehen den Spieß mal um", sagt Theo und breitet ein paar Skizzen aus. „Die Mobber denken, sie sind unantastbar. Wir zeigen ihnen, dass sie es nicht sind."

„Klingt gut, aber wie genau?", fragt Max skeptisch.

„Pass auf", sagt Theo und zeigt auf die Skizzen. „Wir locken sie in eine Falle. Wir inszenieren eine Situation, in der sie glauben, sie hätten wieder leichtes Spiel. Aber diesmal warten wir auf sie."

„Okay, und was genau soll das sein?", fragt Lena und lehnt sich interessiert nach vorne.

„Wir machen eine Fake-Party", erklärt Theo. „Wir verbreiten das Gerücht, dass es eine fette Party in der alten Fabrik gibt. Die Mobber werden auftauchen und wir überraschen sie mit ein paar fiesen, aber harmlosen Fallen."

„Harmlos ist wichtig", sagt Max und nickt. „Wir wollen sie nur blamieren, nicht verletzen."

„Genau", sagt Theo. „Wir brauchen Wasserballons, Seifenlauge und vielleicht ein paar knallige Überraschungen."

„Das klingt nach 'nem Plan", sagt Lena und klatscht in die Hände. „Ich bin dabei."

Sie bereiten alles vor. Sie besorgen die nötigen Utensilien und informieren ihre Freunde über die geplante „Party".

„Ihr müsst das echt geheim halten", warnt Theo alle. „Wenn das rauskommt, sind wir geliefert."

„Keine Sorge", sagt Anna, eine ihrer vertrauenswürdigen Freundinnen. „Wir halten dicht."

Es dauert nicht lange, bis die Nachricht von der Party die Runde macht. Die Mobber, allen voran der Anführer Dennis, hören davon und sind sofort interessiert.

„Ey, habt ihr gehört? Fette Party in der alten Fabrik", sagt Dennis zu seinen Kumpels. „Das lassen wir uns nicht entgehen."

„Wird Zeit, dass wir da mal wieder klar Schiff machen", sagt einer der Mobber grinsend.

Der Tag der „Party" rückt näher, und Theo, Lena und Max bereiten alles vor. Sie platzieren die Wasserballons und Seifenlauge strategisch und verstecken sich dann, um alles im Blick zu haben.

„Ich hoffe, das klappt", flüstert Lena nervös.

„Keine Sorge. Das wird super", sagt Theo und grinst. „Die werden sich in die Hosen machen."

„Seid leise", mahnt Max. „Da kommen sie."

Dennis und seine Kumpels kommen lärmend und lachend zur alten Fabrik. Sie sehen sich um, aber es ist niemand zu sehen.

„Wo ist denn die Party?", fragt Dennis irritiert.

„Vielleicht sind wir zu früh", sagt einer der Mobber.

„Jetzt", flüstert Theo und drückt den Knopf. Die Wasserballons fliegen durch die Luft und treffen die Mobber. Sie schreien auf und versuchen auszuweichen, rutschen aber auf der Seifenlauge aus und landen auf dem Boden.

„Was zur Hölle?", schreit Dennis wütend und versucht aufzustehen, nur um wieder auszurutschen.

Theo, Lena und Max können sich das Lachen nicht verkneifen und kommen aus ihrem Versteck.

„Na, habt ihr Spaß?", fragt Theo grinsend.

„Ihr kleinen Mistkerle!", schreit Dennis und versucht wieder aufzustehen, scheitert aber erneut.

„Das habt ihr davon, wenn ihr uns ständig schikaniert", sagt Lena und schaut verächtlich auf die Mobber.

„Wir wollen euch zeigen, dass ihr nicht unantastbar seid", fügt Max hinzu. „Jetzt wisst ihr, wie es sich anfühlt."

„Ihr werdet dafür bezahlen!", droht Dennis, doch seine Drohung klingt weniger bedrohlich, während er auf dem Boden herumrutscht.

„Kommt, lasst uns abhauen", sagt einer der Mobber ein wenig panisch. „Das wird nur noch peinlicher."

Die Mobber versuchen, so schnell wie möglich wegzukommen, doch die Seifenlauge macht es ihnen schwer. Schließlich schaffen sie es, die Fabrik zu verlassen, durchnässt und gedemütigt.

„Das war echt genial", sagt Lena und klatscht Theo ab.

„Ja, Mann, das war richtig gut", stimmt Max zu. „Vielleicht lassen sie uns jetzt endlich in Ruhe."

Am nächsten Tag treffen sich Theo, Lena und Max wieder im Baumhaus, um das Ereignis Revue passieren zu lassen.

„Ich hab gehört, dass Dennis und seine Kumpels total sauer sind", sagt Theo. „Aber sie wissen nicht, was sie tun sollen."

„Hoffentlich haben sie draus gelernt", sagt Lena. „Wir wollten ihnen nur eine Lektion erteilen, nicht sie komplett fertig machen."

„Genau", sagt Max. „Wir müssen jetzt aufpassen, dass sie keine Rachepläne schmieden."

Am nächsten Tag in der Schule kommt Dennis auf Theo zu. Theo ist überrascht, aber er bleibt ruhig.

„Hey, Theo", sagt Dennis. „Ich muss mit dir reden."

„Was gibt's?", fragt Theo skeptisch.

„Das, was ihr gemacht habt... das war nicht cool, aber ich verstehe, warum ihr es gemacht habt", sagt Dennis widerwillig. „Vielleicht sollten wir das einfach hinter uns lassen."

„Klingt gut", sagt Theo und reicht Dennis die Hand. „Kein Stress mehr, okay?"

„Kein Stress mehr", sagt Dennis und schüttelt die Hand. „Wir lassen euch in Ruhe."

Mit dem Friedensschluss ändert sich die Stimmung in der Schule. Die Mobber lassen Theo und seine Freunde in Ruhe, und es scheint, als hätte sich die Situation wirklich verbessert.

„Ich kann es kaum glauben, dass das geklappt hat", sagt Lena, als sie sich in der Pause auf ihre Bank setzen.

„Ja, es fühlt sich echt gut an", sagt Theo. „Endlich mal kein Stress mehr."

Doch die Ruhe hält nicht lange an. Theo, Lena und Max bekommen Wind von einem neuen Abenteuer. Es gibt Gerüchte über einen geheimen Tunnel unter der Schule, der zu einem alten Bunker führen soll.

„Das müssen wir uns ansehen", sagt Theo begeistert.

„Auf jeden Fall", stimmt Max zu. „Das klingt nach einem echten Abenteuer."

„Aber wir müssen vorsichtig sein", warnt Lena. „Wer weiß, was da unten ist."

In den nächsten Tagen planen sie ihren Ausflug in den Tunnel. Sie besorgen sich Taschenlampen, Seile und Proviant.

„Das wird der Hammer", sagt Theo, als sie sich nach der Schule im Baumhaus treffen. „Wir sind wie echte Abenteurer."

„Ja, aber wir müssen echt vorsichtig sein", sagt Lena. „Wir wissen nicht, was uns erwartet."

„Keine Sorge", sagt Max zuversichtlich. „Wir sind ein gutes Team."

Am Samstagmorgen treffen sie sich vor der Schule. Der Eingang zum Tunnel soll sich im Keller befinden, der normalerweise verschlossen ist. Doch Theo hat einen Schlüssel besorgt.

„Wie hast du den bekommen?", fragt Lena erstaunt.

„Ich hab meine Kontakte", sagt Theo und zwinkert.

Sie schleichen sich in den Keller und finden tatsächlich eine alte, verrostete Tür, die in den Tunnel führt.

Der Tunnel ist dunkel und feucht. Die Luft ist schwer und riecht modrig. Mit ihren Taschenlampen leuchten sie den Weg aus und gehen vorsichtig voran.

„Das ist echt gruselig", flüstert Lena. „Aber auch irgendwie aufregend."

„Ja, Mann, das ist wie in einem Horrorfilm", sagt Max und lacht nervös.

„Bleibt dicht zusammen", sagt Theo. „Wir wissen noch nicht, was alles passieren kann."

Nach einer Weile kommen sie zu einer Abzweigung. Der eine Weg führt tiefer in den Tunnel, der andere scheint in einen größeren Raum zu führen.

„Wo lang nun?", fragt Max.

„Lasst uns den Raum checken", sagt Theo. „Vielleicht finden wir was Interessantes."

Sie gehen in den Raum und finden alte Kisten, verrostete Werkzeuge und seltsame Zeichnungen an den Wänden.

„Was ist das hier?", fragt Lena und leuchtet mit ihrer Taschenlampe auf die Zeichnungen.

„Sieht aus wie ein alter Bunker", sagt Theo. „Vielleicht aus dem Krieg."

In einer der Kisten finden sie alte Dokumente und Karten. Theo blättert durch die Papiere und ist erstaunt.

„Das sind alte Pläne der Schule", sagt er. „Und hier ist ein geheimer Raum markiert."

„Was für ein Raum?", fragt Lena neugierig.

„Keine Ahnung, aber wir müssen das herausfinden", sagt Theo entschlossen. „Das könnte echt spannend werden."

Mit den Plänen in der Hand machen sie sich auf den Weg, den geheimen Raum zu finden. Sie folgen den Anweisungen auf den Karten und kommen schließlich zu einer weiteren, gut versteckten Tür.

„Das muss es sein", sagt Theo und öffnet die Tür vorsichtig.

Hinter der Tür verbirgt sich ein alter Lagerraum, vollgestopft mit alten Schulmaterialien und Möbeln.

„Das ist ja der Wahnsinn", sagt Max. „Das hat hier bestimmt seit Jahrzehnten niemand mehr gesehen."

Sie betreten den Raum und beginnen, ihn zu durchsuchen. Es gibt alte Bücher, kaputte Stühle und sogar einige verstaubte Kunstwerke.

„Schau mal, das sind alte Jahrbücher", sagt Lena und blättert durch eines der Bücher. „Die sind mindestens fünfzig Jahre alt."

„Das ist echt krass", sagt Theo. „Hier liegt so viel Geschichte rum."

„Vielleicht sollten wir das der Schule melden", sagt Max. „Das ist echt wertvoll."

Während sie den Raum weiter durchsuchen, hören sie plötzlich ein seltsames Geräusch. Es klingt, als würde jemand die Tür schließen.

„Was war das?", fragt Lena nervös.

„Keine Ahnung", sagt Theo. „Aber wir sollten besser nachsehen."

Sie gehen zur Tür zurück und stellen fest, dass sie fest verschlossen ist.

„Wir sind eingeschlossen!", ruft Max panisch. „Was machen wir jetzt?"

Theo behält die Ruhe und schaut sich um. „Es muss einen anderen Ausgang geben. Lasst uns suchen."

Sie durchsuchen den Raum gründlich und finden schließlich eine alte Lüftungsschachtöffnung.

„Das könnte unser Weg raus sein", sagt Theo. „Aber wir müssen vorsichtig sein."

„Ich gehe zuerst", sagt Max und klettert in den Schacht. „Folgt mir einfach."

Der Schacht ist eng und staubig, aber sie schaffen es, hindurchzukriechen. Nach einer Weile kommen sie in einen anderen Teil des Tunnels.

„Geschafft", sagt Max erleichtert. „Das war echt eng."

„Aber wir sind noch nicht draußen", sagt Theo. „Lasst uns weitergehen."

Sie folgen dem Tunnel und finden schließlich einen Ausgang, der in einen abgelegenen Teil des Schulgeländes führt.

Als sie aus dem Tunnel steigen, blenden sie die Sonnenstrahlen. Sie atmen tief durch und sind erleichtert, wieder draußen zu sein.

„Das war echt knapp", sagt Lena. „Aber irgendwie auch spannend."

„Ja, wir haben was echt Krasses entdeckt", sagt Theo. „Das müssen wir der Schule melden."

„Auf jeden Fall", stimmt Max zu.

Am nächsten Tag gehen sie zum Schulleiter und erzählen ihm von ihrem Fund. Der Schulleiter ist erstaunt und interessiert.

„Das ist eine bedeutende Entdeckung", sagt er. „Wir werden das sofort untersuchen lassen."

„Vielleicht sollten wir die Sachen ins Schulmuseum bringen", schlägt Theo vor. „Das wäre echt cool."

„Das ist eine gute Idee", sagt der Schulleiter. „Vielen Dank für eure Hilfe."

Nach all dem Trubel setzen sie sich wieder im Baumhaus zusammen, um neue Pläne zu schmieden.

„Was machen wir als nächstes?", fragt Lena. „Ich hab das Gefühl, dass uns noch viele Abenteuer erwarten."

„Ja, wir sollten weiter nach spannenden Dingen suchen", sagt Theo. „Vielleicht gibt es noch mehr Geheimnisse in der Schule."

„Auf jeden Fall", stimmt Max zu. „Wir sind ein gutes Team. Zusammen können wir alles schaffen."

Während sie über ihre nächsten Pläne sprechen, bekommen sie Wind von einer neuen Herausforderung. Es gibt Gerüchte über ein verstecktes Verlies unter der alten Kirche in der Stadt.

„Das klingt nach dem perfekten Abenteuer", sagt Theo begeistert. „Lasst uns das untersuchen."

„Ja, aber diesmal müssen wir noch vorsichtiger sein", warnt Lena. „Wir wissen nicht, was uns erwartet."

„Keine Sorge", sagt Max zuversichtlich. „Wir sind gut vorbereitet."

Dann planen sie ihren Ausflug zur alten Kirche. Sie besorgen sich wieder die nötige Ausrüstung und bereiten sich gründlich vor.

„Das wird das größte Abenteuer ever", sagt Theo. „Wir müssen auf alles vorbereitet sein."

„Ja, und wir müssen sicherstellen, dass wir niemandem von unserem Plan erzählen", sagt Lena. „Das muss geheim bleiben."

„Keine Sorge, wir machen das schon", sagt Max. „Wir sind Profis."

Am Samstagmorgen machen sie sich auf den Weg zur alten Kirche. Sie schleichen sich hinein und suchen nach dem Eingang zum Verlies.

„Das muss irgendwo hier sein", sagt Theo und leuchtet mit seiner Taschenlampe umher.

„Da drüben, schaut mal", ruft Lena und zeigt auf eine versteckte Treppe, die nach unten führt.

„Das muss es sein", sagt Max. „Lasst uns gehen."

Das Verlies ist dunkel und unheimlich. Die Luft ist schwer und feucht. Mit dem schwachen Licht ihrer Taschenlampen gehen sie langsam und sehr vorsichtig voran.

„Das ist alles nicht witzig hier", flüstert Lena. „Irgendwie hab ich Schiss."

Sie gehen tiefer in das Verlies und finden schließlich einen großen Raum, der mit alten, verstaubten Büchern und seltsamen Gegenständen gefüllt ist.

„Was ist das hier?", fragt Lena und schaut sich um.

„Sieht aus wie eine alte Bibliothek", sagt Theo. „Vielleicht haben hier früher Mönche oder Priester gearbeitet."

„Das ist echt faszinierend", sagt Max. „Aber wir sollten extrem vorsichtig sein."

In einer der Ecken finden sie ein altes Buch mit seltsamen Zeichen und Symbolen.

„Schaut mal, das hier ist echt alt", sagt Theo und blättert vorsichtig durch das Buch. „Das könnte wertvoll sein."

„Wir sollten das mitnehmen und untersuchen", sagt Lena. „Vielleicht finden wir Hinweise auf die Geschichte dieses Ortes."

„Ja, aber wir müssen aufpassen, dass uns niemand sieht", warnt Max. „Wir sind hier nicht offiziell."

Nachdem sie das Buch sicher verstaut haben, machen sie sich auf den Rückweg. Der Ausgang ist schwierig zu finden, aber schließlich schaffen sie es, wieder ans Tageslicht zu kommen.

„Das war echt spannend", sagt Theo. „Ich bin gespannt, was wir über das Buch herausfinden."

„Ja, das könnte echt interessant sein", stimmt Lena zu. „Vielleicht haben wir etwas wirklich Wichtiges entdeckt."

In den nächsten Tagen untersuchen sie das Buch und versuchen, die Symbole und Zeichen zu entschlüsseln. Sie recherchieren in der Bibliothek und im Internet.

„Das ist echt kompliziert", sagt Theo. „Aber ich glaube, wir kommen langsam dahinter."

„Ja, das ist wie ein großes Rätsel", sagt Lena. „Aber wir schaffen das."

Nach vielen Stunden der Recherche machen sie schließlich eine bedeutende Entdeckung. Es scheint, als ob das Buch Hinweise auf einen verborgenen Schatz in der alten Kirche enthält.

„Das ist ja der Hammer", sagt Theo. „Wir haben einen Schatz gefunden."

„Das könnte echt wertvoll sein", sagt Lena. „Wir müssen das der Schule melden."

„Ja, aber wir sollten sicherstellen, dass alles dokumentiert wird", sagt Max. „Das ist eine bedeutende Entdeckung."

Am nächsten Morgen gehen sie zum Schulleiter und erzählen ihm von ihrer Entdeckung. Dieser ist erstaunt und gleichzeitig begeistert.

„Das ist wieder mal eine bedeutende Entdeckung", sagt er.

„Vielleicht sollten wir das Buch ins Schulmuseum bringen", schlägt Theo vor. „Das wäre echt cool."

Durch ihre Entdeckung gewinnen Theo, Lena und Max an Anerkennung in der Schule. Sie werden als Helden gefeiert und bekommen viel Lob.

„Das fühlt sich echt gut an", sagt Theo. „Endlich mal was Positives."

„Ja, wir haben echt was Krasses geleistet", sagt Lena. „Das wird uns niemand so schnell nachmachen."

Theo schlendert wieder einmal wie gewohnt durch die Schultore, die Kopfhörer natürlich fest in den Ohren und den Hoodie tief ins Gesicht gezogen. Noch ahnt er nicht, dass der Tag alles andere als gewöhnlich wird. Auf dem Weg zum Klassenzimmer trifft er auf Lena und Max.

„Morgen, Leute!", begrüßt er sie. „Habt ihr das Mathebuch dabei? Ich hab's mal wieder vergessen."

„Klar, Alter", sagt Max und gibt ihm ein High-Five. „Heute wird 'n chilliger Tag, oder?"

„Hoffentlich", murmelt Lena. „Ich hab keinen Bock auf Stress."

Kurz vor der ersten Stunde hören sie aufgeregtes Getuschel in den Gängen. Überall tuscheln die Schüler miteinander, und Theo bekommt ein ungutes Gefühl.

„Was geht hier ab?", fragt er.

„Keine Ahnung, Mann", sagt Max und zuckt mit den Schultern. „Irgendwas ist im Busch."

„Ich find das raus", sagt Lena entschlossen und geht auf eine Gruppe Schüler zu.

Ein paar Minuten später kommt sie zurück und sieht besorgt aus. „Leute, das ist gar nicht gut. Es geht das Gerücht um, dass wir die alte Fabrik verwüstet haben."

„Was? Das kann nicht sein!", ruft Theo. „Wir haben da nichts kaputt gemacht."

„Ja, aber jemand hat den Lehrern erzählt, dass wir das waren", sagt Lena. „Die denken jetzt, wir haben da randaliert."

„Das darf nicht wahr sein", sagt Max wütend. „Wer macht sowas?"

„Keine Ahnung, aber wir müssen das klarstellen", sagt Theo. „Sonst haben wir ein echtes Problem."

Nach der ersten Stunde gehen sie zu Frau Weber, um ihr die Situation zu erklären. Sie ist gerade dabei, Unterrichtsmaterialien vorzubereiten, als sie anklopfen.

„Frau Weber, wir müssen mit Ihnen reden", sagt Theo ernst.

„Was gibt's denn?", fragt sie und sieht ihre besorgten Gesichter.

„Es geht um das Gerücht, dass wir die alte Fabrik verwüstet haben sollen", sagt Lena. „Das stimmt nicht!"

„Wir waren da, ja", erklärt Theo. „Aber wir haben nur die Mobber in eine Falle gelockt. Wir haben nichts zerstört."

„Das stimmt", fügt Max hinzu. „Wir wollten nur eine Lektion erteilen, ohne etwas zu beschädigen."

Frau Weber hört sich ihre Erklärung an und nickt langsam. „Ich glaube euch, aber ihr müsst das der Schulleitung erklären. Die nehmen das sehr ernst."

„Okay, wir gehen sofort hin", sagt Theo entschlossen.

Sie klopfen an die Tür der Schulleitung und werden hereingebeten. Der Schulleiter sitzt hinter seinem Schreibtisch und sieht sie streng an.

„Was kann ich für euch tun?", fragt er.

„Es geht um das Gerücht, dass wir die alte Fabrik verwüstet haben sollen", sagt Theo. „Das stimmt nicht. Wir haben da nichts kaputt gemacht."

„Wir wollten nur eine Falle für die Mobber aufstellen", erklärt Lena. „Wir haben niemandem geschadet und nichts zerstört."

„Ich verstehe", sagt der Schulleiter nachdenklich. „Aber es gibt Zeugen, die etwas anderes behaupten. Wir müssen das genau abklären."

In den nächsten Tagen werden Theo, Lena und Max von Lehrern und Schülern befragt. Sie erklären immer wieder, dass sie nichts zerstört haben, doch die Gerüchte reißen nicht ab.

„Das ist echt mies", sagt Theo frustriert. „Warum glaubt uns niemand?"

„Weil jemand gezielt gegen uns arbeitet", sagt Lena. „Wir müssen herausfinden, wer das ist."

„Ja, und wir müssen Beweise finden", sagt Max. „Sonst sitzen wir echt in der Patsche."

Eines Tages kommt Anna, eine Freundin von Theo, auf ihn zu. Sie sieht nervös aus.

„Theo, ich muss dir was sagen", beginnt sie. „Ich glaube, ich weiß, wer hinter den Gerüchten steckt."

„Echt jetzt? Wer ist es?", fragt Theo gespannt.

„Es ist Dennis", sagt Anna leise. „Ich hab ihn gehört, wie er damit geprahlt hat, dass er euch reingelegt hat."

„Der Typ ist echt das Letzte", sagt Theo wütend. „Wir müssen das beweisen."

Theo, Lena und Max beschließen, Dennis eine Falle zu stellen. Sie wollen ihn dabei erwischen, wie er über seinen Plan spricht, und das Ganze aufnehmen.

„Das ist riskant", warnt Lena. „Aber es ist unsere einzige Chance."

„Ja, wir müssen vorsichtig sein", stimmt Max zu.

„Lasst uns das angehen", sagt Theo entschlossen. „Wir holen uns die Gerechtigkeit."

Sie platzieren eine versteckte Kamera in der Nähe von Dennis' üblichen Treffpunkt und warten darauf, dass er sich wieder mit seinen Kumpels trifft. Es dauert nicht lange, bis sie ihre Chance bekommen.

„Ey, Mann, das war der Hammer", hört Theo Dennis sagen. „Die Idioten glauben echt, dass sie uns reingelegt haben, dabei haben wir sie voll verarscht."

„Das war genial", sagt einer seiner Kumpels. „Jetzt denkt jeder, dass sie die Fabrik zerstört haben."

Theo, Lena und Max sehen sich an und nicken. Sie haben die Beweise, die sie brauchen.

Mit der Aufnahme in der Hand gehen sie erneut zur Schulleitung. Der Schulleiter sieht sie überrascht an, als sie ihm das Video zeigen.

„Das ändert natürlich alles", sagt er nachdenklich. „Ich werde sofort Maßnahmen ergreifen."

Dennis und seine Kumpels werden zur Rede gestellt und können nichts mehr leugnen. Sie werden bestraft und müssen sich vor der gesamten Schule entschuldigen.

Am nächsten Tag stehen Dennis und seine Kumpels vor der gesamten Schule und entschuldigen sich.

„Es tut uns leid, was wir getan haben", sagt Dennis widerwillig. „Wir wollten nur Spaß haben, aber wir sind zu weit gegangen."

Die Schüler murmeln und tuscheln, aber Theo, Lena und Max fühlen sich erleichtert.

„Endlich ist die Wahrheit raus", sagt Theo. „Wir haben das durchgestanden."

„Ja, Mann, das war echt heftig", sagt Max. „Aber jetzt wissen alle, dass wir nichts falsch gemacht haben."

Trotz der Entschuldigung bleibt das Gefühl des Misstrauens bei einigen Schülern. Theo, Lena und Max müssen hart daran arbeiten, ihren Ruf wiederherzustellen.

„Es wird eine Weile dauern, bis sich das legt", sagt Lena. „Aber wir schaffen das."

„Ja, wir müssen einfach dranbleiben", sagt Theo. „Zusammen sind wir stark."

„Und wir lassen uns nicht unterkriegen", fügt Max hinzu. „Wir haben schon Schlimmeres durchgestanden."

Der Tiefpunkt

Theo wacht auf und fühlt sich wie von einem Laster überfahren. Die letzten Tage waren hart. Er schleppt sich aus dem Bett, zieht sich an und geht in die Küche, wo seine Mutter bereits das Frühstück vorbereitet hat.

„Morgen, Theo", sagt sie sanft. „Alles okay?"

„Ja, alles gut", murmelt Theo, obwohl ihm alles andere als gut ist. Er schnappt sich einen Toast und macht sich auf den Weg zur Schule.

Theo trifft Lena und Max am Eingang der Schule. Sie sehen ihn besorgt an.

„Hey, Theo, du siehst echt fertig aus", sagt Lena. „Alles okay bei dir?"

„Ja, Mann, was ist los?", fragt Max. „Du bist irgendwie nicht du selbst."

„Nix, lasst mich einfach in Ruhe", sagt Theo gereizt und geht schnell weiter.

Im Klassenzimmer setzt sich Theo an seinen Platz und starrt auf seine Bücher. Er kann sich kaum konzentrieren. Die Worte verschwimmen vor seinen Augen.

„Theo, alles okay?", fragt Frau Weber, die seine Unaufmerksamkeit bemerkt hat.

„Ja, alles gut", murmelt er und versucht, sich auf den Unterricht zu konzentrieren.

In der Pause setzen sich Theo, Lena und Max auf ihre Bank im Schulhof. Lena sieht Theo besorgt an.

„Theo, wir sind deine Freunde. Du kannst mit uns reden, wenn was nicht stimmt", sagt sie sanft.

„Ja, Mann, wir sind für dich da", fügt Max hinzu.

Theo seufzt tief. „Es ist nur... alles irgendwie zu viel. Schule, Stress, alles. Ich fühl mich einfach... leer."

„Das tut mir echt leid zu hören", sagt Lena. „Aber du bist nicht allein, okay?"

Plötzlich kommt Dennis auf sie zu. Er sieht ungewöhnlich ernst aus.

„Hey, Theo, kann ich kurz mit dir reden?", fragt er.

Theo ist überrascht, nickt aber. „Klar, was gibt's?"

„Ich wollte mich nochmal entschuldigen für alles", sagt Dennis. „Ich weiß, das ändert nichts, aber ich wollte, dass du das weißt."

„Danke", sagt Theo leise. „Aber das ändert wirklich nichts."

Nach der Pause geht Theo zu Frau Weber, um mit ihr zu sprechen.

„Frau Weber, ich weiß nicht, was ich tun soll", sagt Theo verzweifelt. „Ich fühle mich einfach so... verloren."

Frau Weber sieht ihn mitfühlend an. „Es ist okay, sich so zu fühlen, Theo. Manchmal ist das Leben einfach schwer. Aber du musst wissen, dass es immer Menschen gibt, die dir helfen wollen."

„Ich weiß, aber es ist so schwer", sagt Theo. „Alles fühlt sich so überwältigend an."

Der Rest des Schultages zieht sich für Theo wie Kaugummi. Jede Stunde fühlt sich endlos an, und er kann sich kaum konzentrieren. Als die Schule endlich aus ist, schleppt er sich nach Hause.

„Hey, wie war die Schule?", fragt seine Mutter, als er zur Tür hereinkommt.

„Ging so", murmelt Theo und verschwindet in seinem Zimmer.

Theo wirft sich auf sein Bett und starrt die Decke an. Seine Gedanken kreisen unaufhörlich. Er fühlt sich gefangen in einem endlosen Strudel aus Stress und Angst.

„Ich kann das nicht mehr", murmelt er leise zu sich selbst. „Das ist alles zu viel."

Seine Schwester Marie klopft an die Tür und kommt herein. „Hey, Theo, alles okay bei dir?"

„Nein, nichts ist okay", sagt Theo frustriert. „Ich hab das Gefühl, ich brech gleich zusammen."

Marie setzt sich zu ihm aufs Bett. „Ich weiß, es ist schwer. Aber... wir sind hier für dich, Theo."

„Danke, Marie", sagt Theo leise.

Am nächsten Morgen fühlt sich Theo immer noch niedergeschlagen. Er schleppt sich zur Schule und versucht, den Tag irgendwie zu überstehen.

„Hey, Theo", ruft Lena, als sie ihn sieht. „Wie geht's dir heute?"

„Besser", lügt Theo. „Aber es ist immer noch schwer."

„Wenn du reden willst", sagt Max. „Vergiss das nicht."

Während des Unterrichts bekommt Theo eine Nachricht von Anna. Sie lädt ihn ein, nach der Schule mit ihr einen Kaffee zu trinken.

„Vielleicht tut das gut", denkt Theo und beschließt, die Einladung anzunehmen.

Nach der Schule trifft sich Theo mit Anna in einem kleinen Café. Sie bestellen sich Kaffee und setzen sich an einen ruhigen Tisch.

„Was ist los, Theo?", fragt Anna besorgt. „Du siehst echt fertig aus."

„Es ist nur... alles zu viel", sagt Theo und erzählt ihr von seinen Sorgen.

„Das klingt echt hart", sagt Anna mitfühlend. „Aber du bist stark, Theo."

Anna sieht Theo eine Weile nachdenklich an. „Weißt du was? Vielleicht solltest du dir eine Pause gönnen. Einfach mal raus aus dem Alltag."

„Aber wie soll das gehen?", fragt Theo skeptisch.

„Vielleicht ein Wochenendausflug", schlägt Anna vor. „Irgend-wohin, wo du einfach mal abschalten kannst."

„Das klingt eigentlich gar nicht so schlecht", sagt Theo und be-ginnt, sich etwas besser zu fühlen. „Danke, Anna. Das könnte echt helfen."

Theo erzählt Lena und Max von Annas Vorschlag, und sie sind sofort begeistert.

„Das ist 'ne super Idee", sagt Max. „Wir könnten alle zusam-men wegfahren. Einfach mal raus hier."

„Ja, Mann, das klingt perfekt", stimmt Lena zu. „Lasst uns das planen."

In den nächsten Tagen planen sie ihren Ausflug. Sie entschei-den sich, in eine Hütte am See zu fahren, weit weg von allem Stress und Trubel.

„Das wird so guttun", sagt Theo. „Ich freu mich schon drauf."

„Ja, das wird der Hammer", sagt Max. „Einfach mal chillen und die Seele baumeln lassen."

Am Freitag nach der Schule packen sie ihre Sachen und ma-chen sich auf den Weg. Die Fahrt ist lang, aber die Stimmung im Auto ist gut.

„Ich kann es kaum erwarten, einfach mal nichts zu tun", sagt Theo und lehnt sich zurück.

„Ja, das wird echt gut", sagt Lena. „Wir haben uns das echt verdient."

Als sie an der Hütte ankommen, sind sie überwältigt von der Ruhe und Schönheit der Umgebung. Der See glitzert in der Sonne, und die Bäume rauschen sanft im Wind.

„Das ist perfekt", sagt Theo und atmet tief durch. „Genau das, was ich gebraucht hab."

„Ja, Mann, das ist echt paradiesisch", sagt Max und grinst.

Sie verbringen den Abend damit, am See zu sitzen, zu reden und die Ruhe zu genießen. Es ist ein willkommener Ausgleich zu dem Stress der letzten Wochen.

„Ich hab das echt gebraucht", sagt Theo leise. „Danke, dass ihr das mit mir macht."

„Dafür sind Freunde da", sagt Lena und legt einen Arm um seine Schulter.

Am nächsten Morgen wachen sie früh auf und machen einen Spaziergang am See. Die Luft ist frisch und klar, und die Sonne scheint warm auf ihre Gesichter.

„Wow... totale Entspannung", sagt Theo. „Ich fühle mich schon viel besser."

„Ja, die Natur hat echt was Beruhigendes", sagt Max. „Wir sollten sowas öfter machen."

Sie setzen sich auf einen Felsen am Ufer und lassen ihre Beine ins Wasser baumeln. Theo erzählt von seinen Sorgen und Ängsten, und seine Freunde hören geduldig zu.

„Ich weiß, es ist schwer", sagt Lena. „Aber du bist stark, Theo. Du schaffst das."

Durch das Gespräch fühlt sich Theo erleichtert. Er merkt, dass er nicht allein ist und dass seine Freunde ihm wirklich helfen wollen.

„Danke, Leute", sagt er. „Das bedeutet mir echt viel."

„Dafür sind wir da", sagt Lena. „Freunde halten zusammen."

Die restlichen Tage in der Hütte sind entspannt und erholsam. Theo fühlt sich von Tag zu Tag besser und beginnt, neue Hoffnung zu schöpfen.

„Ich hab das Gefühl, dass ich das schaffen kann", sagt er eines Abends am Lagerfeuer.

„Das kannst du auch", sagt Max. „Du bist stark, Theo. Und wir sind hier, um dir zu helfen."

Nach dem Wochenende machen sie sich auf den Weg zurück nach Hause. Theo fühlt sich erfrischt und bereit, sich seinen Herausforderungen zu stellen.

„Ich fühl mich viel relaxter", sagt er, als sie die Stadt wieder erreichen.

„Ja, Mann, das war echt cool", sagt Max. „Wir sollten sowas öfter machen."

Am Montagmorgen geht Theo mit neuer Energie zur Schule. Er trifft Lena und Max am Eingang, und sie begrüßen ihn mit breitem Grinsen.

„Bereit für die Woche?", fragt Lena.

„Ja, auf jeden Fall", sagt Theo. „Ich bin bereit, alles anzuge-hen."

Der Schultag beginnt gut. Theo fühlt sich konzentriert und motiviert. Die Lehrer bemerken seine positive Veränderung und loben ihn für seine Teilnahme am Unterricht.

„Gute Arbeit heute, Theo", sagt Frau Weber. „Ich bin stolz auf dich."

„Danke, Frau Weber", sagt Theo und fühlt sich wirklich gut.

Während der Pause kommt Dennis auf Theo zu. „Hey, Theo, können wir reden?"

„Klar, was gibt's?", fragt Theo und sieht ihn neugierig an.

„Ich wollte mich nochmal entschuldigen", sagt Dennis. „Ich hab echt Mist gebaut. Aber ich will das in Ordnung bringen."

„Das bedeutet mir viel", sagt Theo ehrlich. „Lass uns versu-chen, neu anzufangen."

Theo, Lena und Max beschließen, Dennis eine Chance zu ge-ben. Sie beginnen, mehr Zeit miteinander zu verbringen und sich besser kennenzulernen.

„Das ist echt cool", sagt Max eines Tages. „Wer hätte gedacht, dass wir mal Freunde werden?"

„Ja, manchmal kommen die besten Dinge unerwartet", sagt Lena lächelnd.

In der Schule starten sie ein neues Projekt, bei dem sie alle zusammenarbeiten. Sie entscheiden sich für ein soziales Projekt, bei dem sie anderen Schülern helfen.

„Das wird echt gut", sagt Theo. „Wir können wirklich etwas bewirken."

„Ja, wir können zeigen, dass wir zusammen stark sind", sagt Dennis.

Sie planen ihr Projekt gründlich und bereiten Präsentationen vor. Sie sprechen mit Lehrern und Schülern und sammeln Ideen.

„Das wird echt was Großes", sagt Lena begeistert. „Wir können wirklich einen Unterschied machen."

Der Tag der Präsentation ist gekommen. Theo, Lena, Max und Dennis stehen vor der gesamten Schule und stellen ihr Projekt vor. Die Reaktionen sind positiv, und sie bekommen viel Lob.

„Ihr habt das echt gut gemacht", sagt Frau Weber stolz. „Ich bin beeindruckt."

„Danke, Frau Weber", sagt Theo.

Durch das Projekt wachsen sie noch enger zusammen. Sie merken, dass sie gemeinsam stark sind und viel erreichen können.

„Das fühlt sich echt gut an", sagt Theo. „Ich bin froh, dass wir das gemacht haben."

„Ja, das war echt wichtig", stimmt Lena zu.

Trotz des Erfolgs gibt es natürlich immer wieder neue Herausforderungen. Aber Theo fühlt sich jetzt bereit, sie anzugehen.

„Ich weiß, dass es nicht immer einfach sein wird", sagt er. „Aber wir schaffen das."

„Ja, wir müssen einfach dranbleiben", sagt Max. „Zusammen sind wir stark."

Eines Tages bekommt Theo eine schlechte Nachricht. Sein Hund, der ihm immer viel bedeutet hat, ist krank und muss zum Tierarzt.

„Das ist echt hart", sagt er zu Lena und Max. „Ich weiß nicht, was ich ohne ihn machen würde."

„Wir sind für dich da", sagt Lena. „Wir helfen dir, das durchzustehen."

Theo verbringt viel Zeit mit seinem Hund und versucht, ihm so viel Liebe wie möglich zu geben. Seine Freunde sind immer an seiner Seite und unterstützen ihn.

„Das ist echt schwer", sagt Theo eines Abends. „Aber ich bin froh, dass ihr da seid."

„Wir lassen dich nicht allein", sagt Max. „Wir sind immer für dich da."

Wenige Tage später muss Theo sich dann doch von seinem Hund für immer verabschieden. Es ist ein schwerer Moment, aber er weiß, dass es das Beste ist.

„Ich werde dich nie vergessen", flüstert er seinem Hund zu. „Du warst immer für mich da."

Seine Freunde sind bei ihm und helfen ihm, den Schmerz zu bewältigen.

Am nächsten Morgen wacht Theo auf und fühlt sich trotz allem ein wenig besser. Er weiß, dass er nicht allein ist und dass er die Unterstützung seiner Freunde hat.

„Ich werde das schaffen", sagt er zu sich selbst. „Ich bin stark genug."

Theo geht mit neuer Energie zur Schule und trifft Lena und Max am Eingang. Sie begrüßen ihn mit einem Lächeln.

„Bereit für den Tag?", fragt Lena.

„Ja, auf jeden Fall", sagt Theo. „Ich bin bereit, alles anzugehen."

Sie setzen ihre Arbeit am sozialen Projekt fort und merken, dass sie wirklich etwas bewirken können.

„Das fühlt sich echt gut an", sagt Theo. „Wir machen einen Unterschied."

„Ja, das ist echt wichtig", stimmt Lena zu.

Durch die gemeinsamen Erfahrungen wachsen sie noch enger zusammen. Sie merken, dass sie gemeinsam stark sind und viel erreichen können.

Ein unerwarteter Helfer

Theo schleppt sich wie gewohnt zur Schule. Der Himmel ist grau, und die Luft fühlt sich schwer an. Theo ist immer noch ein wenig erschöpft von den letzten Tagen.

„Morgen, Theo", ruft Lena, als sie ihn sieht. „Alles gut bei Dir?"

„Geht so", murmelt Theo. „Ich hoffe, es wird nicht so stressig."

Im Schulhof sieht Theo einen Mitschüler, den er nicht oft beachtet hat. Es ist Finn, ein eher ruhiger Typ, der sich meistens im Hintergrund hält.

„Hey, Theo", sagt Finn plötzlich. „Kann ich kurz mit dir reden?"

„Klar, was gibt's?", fragt Theo neugierig.

„Ich hab gehört, dass du echt viel Stress hast", sagt Finn. „Vielleicht kann ich dir helfen."

„Du willst mir helfen?", fragt Theo überrascht. „Warum das?"

„Weil ich weiß, wie es ist, sich allein zu fühlen", sagt Finn. „Und ich hab ein paar Tipps, die dir vielleicht helfen könnten."

„Okay, ich hör zu", sagt Theo und setzt sich auf eine Bank.

„Erstmal, hast du schon mal was von Meditation gehört?", fragt Finn. „Das kann echt Wunder wirken."

„Meditation?", fragt Theo skeptisch. „Klingt irgendwie komisch."

„Vertrau mir, das hilft", sagt Finn. „Ich kann dir zeigen, wie es geht."

„Okay, warum nicht", sagt Theo. „Ich bin offen für alles, was mir helfen kann."

Finn setzt sich neben ihn und erklärt ihm die Grundlagen der Meditation. Theo versucht es und merkt schnell, wie sich eine gewisse Ruhe in ihm breitmacht.

Theo beschließt, die Meditation in seinen Alltag zu integrieren. Jeden Morgen und Abend nimmt er sich ein paar Minuten Zeit dafür.

„Das fühlt sich echt gut an", sagt er zu Lena und Max. „Ich hätte nie gedacht, dass sowas helfen kann."

„Das ist cool, Mann", sagt Max. „Ich bin froh, dass du was gefunden hast, das dir hilft."

„Ja, Meditation ist echt der Hammer", stimmt Lena zu. „Vielleicht sollten wir das auch mal ausprobieren."

Während einer Mittagspause kommt Finn wieder zu Theo und seinen Freunden.

„Hey, ich hab da noch was für dich", sagt Finn und reicht Theo ein Buch. „Das hat mir echt geholfen."

„Was ist das?", fragt Theo und schaut sich das Buch an. „'Der Weg zur inneren Ruhe'? Klingt interessant."

Theo nimmt das Buch mit nach Hause und beginnt zu lesen. Es bietet viele nützliche Tipps und Übungen, die ihm helfen, besser mit Stress umzugehen.

„Das ist echt hilfreich", denkt Theo, während er die Seiten durchblättert. „Vielleicht kann ich das wirklich umsetzen."

In den nächsten Tagen verbringt Theo mehr Zeit mit Finn. Sie entdecken viele Gemeinsamkeiten und werden schnell feste Freunde.

„Ich hätte nie gedacht, dass wir so viel gemeinsam haben", sagt Theo eines Tages.

„Ja, das Leben ist voller Überraschungen", sagt Finn und lächelt.

Finn schlägt vor, eine Initiative zu starten, um anderen Schülern zu helfen, besser mit Stress umzugehen.

„Das ist eine großartige Idee", sagt Theo begeistert. „Wir könnten Workshops anbieten und Entspannungstechniken beibringen."

„Genau das hab ich mir gedacht", sagt Finn. „Zusammen können wir echt was bewegen."

Sie beginnen, ihren Plan umzusetzen. Sie sprechen mit Lehrern und Schülern und organisieren die ersten Workshops.

„Das wird echt cool", sagt Max. „Ich freu mich schon drauf."

„Ja, das wird der Hammer", stimmt Lena zu. „Wir können wirklich etwas bewirken."

Der Tag des ersten Workshops ist gekommen. Theo und Finn stehen vor der Gruppe und erklären die Grundlagen der Meditation und Entspannung.

„Wir wissen, dass das Leben manchmal echt stressig sein kann", beginnt Theo. „Aber es gibt Wege, damit umzugehen."

„Genau", fügt Finn hinzu. „Und wir sind hier, um euch diese Wege zu zeigen."

Die Schüler sind begeistert und nehmen die Tipps dankbar an. Viele melden sich für weitere Workshops an.

„Das war echt hilfreich", sagt einer der Schüler. „Danke, dass ihr das organisiert habt."

„Kein Problem", sagt Theo und lächelt. „Wir sind froh, dass wir helfen können."

Durch die Workshops und die neuen Freundschaften fühlt sich Theo zunehmend selbstbewusster. Er merkt, dass er nicht allein ist und dass er die Unterstützung seiner Freunde hat.

„Ich fühle mich echt besser", sagt Theo eines Abends zu Finn. „Danke, dass du mir geholfen hast."

„Dafür sind Freunde da", sagt Finn und klopft ihm auf die Schulter.

Ein neuer Morgen - Theo wacht auf und fühlt sich bereit für den Tag. Er hat seine Morgenmeditation gemacht und startet voller Energie in den Tag.

„Guten Morgen, Theo", sagt seine Mutter. „Du siehst heute echt gut aus."

„Danke, Mama", sagt Theo und lächelt. „Ich fühle mich auch gut."

Theo trifft Lena und Max am Eingang der Schule. Sie begrüßen ihn mit breitem Grinsen.

„Und... bereit für den Tag?", fragt Lena.

„Ja, auf jeden Fall", sagt Theo. „Ich bin bereit, alles anzugehen."

Theo, Lena, Max und Finn beschließen, ihre Initiative weiter auszubauen. Sie planen, regelmäßige Treffen zu organisieren und weitere Workshops anzubieten.

„Das wird gut", sagt Theo. „Wir können wirklich einen Unterschied machen."

„Ja, wir zeigen, dass wir zusammen stark sind", sagt Lena.

Das große Projekt

Ein neuer Morgen - Theo wacht auf und fühlt sich voller Energie. Er weiß, dass heute ein wichtiger Tag ist. In der Schule steht ein großes Projekt an, an dem er und seine Freunde arbeiten werden. Er schnappt sich seinen Rucksack und macht sich auf den Weg.

„Morgen, Theo", sagt seine Mutter. „Heute ist der große Tag, oder?"

„Ja, Mama", sagt Theo lächelnd. „Wir haben echt hart gearbeitet."

Theo trifft Lena und Max am Eingang der Schule. Beide sind ebenfalls aufgeregt.

„Hey, Theo! Bereit für die große Nummer?", fragt Max.

„Auf jeden Fall", sagt Theo. „Wir haben so viel vorbereitet. Das wird der Hammer."

„Ja, Mann, ich freu mich schon", sagt Lena. „Lasst uns das rocken."

Im Klassenzimmer erklärt Frau Weber das Thema des Projekts. Jede Gruppe soll ein Problem an der Schule identifizieren und Lösungen dafür entwickeln.

„Ihr habt bis Ende des Monats Zeit", sagt Frau Weber. „Nutzt die Zeit gut und zeigt uns, was ihr könnt."

„Das schaffen wir", murmelt Theo zu seinen Freunden. „Wir haben schon eine Idee."

Nach dem Unterricht treffen sich Theo, Lena, Max und Finn im Park, um ihre Ideen zu besprechen.

„Ich denke, wir sollten uns noch einmal auf das Thema Mobbing konzentrieren", sagt Theo. „Das ist immer noch ein großes Problem an unserer Schule."

„Gute Idee", sagt Lena. „Wir haben ja schon Erfahrungen mit Workshops und Kampagnen. Also starten wir das noch einmal um das Bewusstsein aller zu schärfen."

„Und vielleicht könnten wir auch ein Unterstützungssystem für die Betroffenen einrichten", schlägt Finn vor.

„Perfekt", sagt Max. „Lasst uns damit anfangen."

In den nächsten Tagen recherchieren sie intensiv über Mobbing und mögliche Lösungen. Sie sprechen mit Lehrern, Schülern und Experten.

„Das ist echt heftig", sagt Theo, als er einen Bericht über die Auswirkungen von Mobbing liest. „Wir müssen wirklich etwas ändern."

„Ja, wir haben eine Verantwortung", sagt Lena. „Lasst uns das ernst nehmen."

Sie entwickeln einen detaillierten Plan für ihr Projekt. Sie wollen wieder Workshops organisieren, neues Werbematerial gestalten und herstellen und auch eine Unterstützungsgruppe gründen.

„Das wird viel Arbeit", sagt Theo.

Sie beginnen, ihre Ideen in die Tat umzusetzen.

„Die Workshops müssen wirklich echt gut werden", sagt Theo. „Wir müssen die Leute erreichen."

„Keine Sorge", sagt Lena. „Wir haben schon so viel vorbereitet."

Eines Tages haben sie Probleme mit der Organisation eines Workshops. Ein Lehrer sagt ihnen ab, und sie müssen schnell eine Lösung finden.

„Das ist echt mies", sagt Max. „Was machen wir jetzt?"

„Wir finden einen anderen Lehrer", sagt Theo entschlossen. „Wir geben nicht auf."

Herr Müller, ein Lehrer, der bisher nicht viel mit ihnen zu tun hatte, bietet seine Hilfe an.

„Ich habe von eurem Projekt gehört", sagt Herr Müller. „Ich würde gerne helfen."

„Das wäre großartig", sagt Theo erleichtert. „Danke, Herr Müller."

Der Tag des ersten Workshops ist gekommen. Theo und seine Freunde sind nervös, aber bereit. Der Raum ist voll, und die Schüler hören gespannt zu.

„Mobbing ist ein ernstes Problem", beginnt Theo. „Aber wir können etwas dagegen tun."

„Wir müssen zusammenhalten und uns gegenseitig unterstützen", fügt Lena hinzu.

Die Schüler sind beeindruckt und nehmen die Botschaft ernst.

Nach dem Workshop kommen viele Schüler zu ihnen.

„Das war echt wichtig", sagt einer der Schüler. „Danke, dass ihr das gemacht habt."

„Kein Problem", sagt Theo und lächelt. „Wir sind froh, dass wir helfen konnten."

Sie gründen die geplante Unterstützungsgruppe für Betroffene. Die Gruppe trifft sich regelmäßig und bietet einen sicheren Raum für Gespräche und Unterstützung.

„Das ist wichtig", sagt Finn. „Wir müssen den Leuten zeigen, dass sie nicht allein sind."

„Ja, das ist unsere Aufgabe", sagt Theo. „Wir müssen für sie da sein."

Sie entscheiden sich, eine Kampagne zu starten, um das Bewusstsein für Mobbing zu schärfen. „Das wird echt gut", sagt Max. „Wir müssen die Leute erreichen."

„Ja, wir müssen sie wachrütteln", sagt Lena.

Sie hängen Poster in der Schule auf und verteilen Flyer an die Schüler. Die Reaktionen sind positiv, und viele Schüler interessieren sich für ihre Kampagne.

„Das ist echt cool", sagt Theo. „Ich glaube, wir erreichen die Leute."

„Ja, das tun wir", sagt Finn.

Sie organisieren eine große Veranstaltung, bei der sie über Mobbing und seine Auswirkungen sprechen. Viele Schüler und Lehrer nehmen teil.

„Das ist unsere Chance, wirklich etwas zu bewirken", sagt Theo. „Lasst uns das nutzen."

Die Veranstaltung ist ein großer Erfolg. Theo und seine Freunde halten inspirierende Reden und zeigen, wie wichtig es ist, gegen Mobbing vorzugehen.

„Mobbing betrifft uns alle", sagt Theo. „Wir müssen uns gegenseitig unterstützen."

„Das ist unsere Verantwortung", fügt Lena hinzu. „Lasst uns gemeinsam stark sein."

Nach der Veranstaltung bekommen sie viel Lob und Anerkennung. Viele Schüler und Lehrer kommen zu ihnen und bedanken sich.

„Das war beeindruckend", sagt Frau Weber. „Ihr habt das großartig gemacht."

Durch ihre Arbeit am Projekt wächst der Zusammenhalt in der Schule. Theo merkt, dass sie wirklich etwas bewirken können.

„Das fühlt sich echt gut an", sagt Theo. „Ich bin froh, dass wir das gemacht haben."

Eines Tages bekommen sie schlechte Nachrichten. Ein Schüler, der gemobbt wurde, ist aus der Schule geflogen, weil er sich gewehrt hat.

„Das ist echt unfair", sagt Theo wütend. „Wir müssen etwas tun."

„Ja, wir müssen ihm helfen", sagt Lena. „Das darf nicht passieren."

Theo und seine Freunde sprechen mit dem Schüler und bieten ihm ihre Unterstützung an. Sie setzen sich dafür ein, dass er eine zweite Chance bekommt.

„Wir lassen dich nicht allein", sagt Theo. „Wir kämpfen für dich."

„Danke", sagt der Schüler. „Vielleicht könnt ihr mir wirklich helfen."

Sie entscheiden sich, eine Petition zu starten. Sie sammeln Unterschriften und sprechen mit den Lehrern und der Schulleitung.

„Das ist unsere Chance, etwas zu bewirken", sagt Theo.

Sie sammeln viele Unterschriften und präsentieren ihre Petition der Schulleitung. Die Reaktionen sind positiv, und der Schüler bekommt eine zweite Chance.

„Das war echt wichtig", sagt Theo.

Durch ihre Arbeit am Projekt wächst der Zusammenhalt in der Schule weiter. Theo merkt, dass sie wirklich etwas bewirken können.

„Das fühlt sich echt gut an", sagt Theo. „Ich bin froh, dass wir das gemacht haben."

Theo fühlt sich bereit, alles anzunehmen, was das Leben ihm bietet. Er hat gelernt, dass er stark ist und dass er alles schaffen kann, wenn er an sich glaubt.

„Ich bin bereit für alles, was kommt", sagt er zu seinen Freunden.

Neue Horizonte

Am nächsten Morgen wacht Theo auf und spürt die Aufregung in der Luft. Heute steht etwas Besonderes an. In der Schule gibt es eine Informationsveranstaltung über Austauschprogramme und Praktika im Ausland. Theo kann es kaum erwarten, mehr darüber zu erfahren.

„Morgen, Theo", sagt seine Mutter. „Du siehst heute besonders aufgeregt aus."

„Ja, Mama", sagt Theo und grinst. „Heute gibt's Infos über Austauschprogramme. Das könnte mega spannend werden."

Theo trifft Lena und Max am Eingang der Schule. Sie teilen seine Begeisterung.

„Hey, Theo! Bist du auch so gespannt auf die Veranstaltung?", fragt Lena.

„Total, das könnte echt cool werden", sagt Theo. „Neue Länder, neue Leute – das wär's doch."

„Ja, Mann, das wär der Hammer", stimmt Max zu. „Mal was ganz anderes erleben."

Im großen Saal der Schule ist viel los. Stände mit bunten Postern und Flyern über verschiedene Länder und Programme locken die Schüler an. Frau Weber eröffnet die Veranstaltung.

„Willkommen zur Infoveranstaltung über Austauschprogramme und Praktika im Ausland", sagt sie. „Nutzt die Chance und informiert euch. Es gibt viele tolle Möglichkeiten."

Theo, Lena und Max schlendern von Stand zu Stand, sammeln Flyer und lauschen den Erklärungen der Vertreter.

„Schau mal, Australien", sagt Lena. „Da könnte man echt coole Sachen erleben."

„Ja, Surfen und Kängurus – das wär schon was", sagt Theo begeistert.

„Ich hab hier was über ein Praktikum in Japan gefunden", sagt Max. „Die haben da mega High-Tech-Firmen."

Plötzlich trifft Theo auf einen alten Bekannten – Herrn Müller, den Lehrer, der ihnen schon mal geholfen hat.

„Theo, schön dich zu sehen", sagt Herr Müller. „Interessierst du dich für Austauschprogramme?"

„Ja, total", sagt Theo. „Das könnte eine echt coole Erfahrung sein."

„Ich habe gute Kontakte nach Kanada", sagt Herr Müller. „Vielleicht wäre das etwas für dich?"

Theo ist begeistert. Kanada klingt aufregend. Er bespricht es mit Lena und Max.

„Kanada klingt echt cool", sagt Theo. „Aber ich weiß nicht, ob ich das allein schaffen würde."

„Keine Sorge, wir unterstützen dich", sagt Lena. „Das ist eine riesige Chance."

„Ja, Mann, das musst du machen", sagt Max. „Du wirst das rocken."

Theo entscheidet sich, die Bewerbung für das Austauschprogramm nach Kanada anzupacken. Er spricht mit seinen Eltern und beginnt, die notwendigen Unterlagen zusammenzustellen.

„Das wird eine große Sache", sagt seine Mutter. „Wir sind stolz auf dich."

„Danke, Mama", sagt Theo. „Ich werde mein Bestes geben."

Theo arbeitet hart an seiner Bewerbung. Er schreibt Essays, sammelt Empfehlungsschreiben und füllt Formulare aus. Lena und Max helfen ihm dabei.

„Das ist echt viel Arbeit", sagt Theo. „Aber ich weiß, dass es sich lohnen wird."

Nachdem die Bewerbung abgeschickt ist, beginnt das Warten. Theo ist nervös, aber er weiß, dass er alles gegeben hat.

„Das Warten ist das Schlimmste", sagt Theo. „Aber ich bin gespannt."

„Es wird gut gehen", sagt Lena. „Wir drücken dir die Daumen."

Nach ein paar Wochen endlich erhält Theo eine E-Mail. Er öffnet sie mit zitternden Händen und liest die Nachricht. Er hat es geschafft! Er wurde für das Austauschprogramm in Kanada angenommen.

„Ich hab's geschafft!", ruft Theo und springt vor Freude auf.

„Das ist der Hammer, Mann!", sagt Max und klatscht Theo ab.

„Ich wusste es!", sagt Lena und umarmt ihn. „Das wird eine großartige Erfahrung."

Die nächsten Wochen sind voll von Vorbereitungen. Theo organisiert seine Reise, packt seine Sachen und verabschiedet sich von Freunden und Familie.

„Ich werde euch vermissen", sagt Theo zu seinen Eltern. „Aber ich freue mich auf das Abenteuer."

„Wir werden dich auch vermissen", sagt seine Mutter. „Aber wir sind so stolz auf dich."

Am Tag des Abflugs begleiten Lena und Max Theo zum Flughafen. Sie umarmen sich ein letztes Mal, bevor Theo durch die Sicherheitskontrolle geht.

„Pass auf dich auf, Mann", sagt Max. „Und schick viele Bilder."

„Mach ich", sagt Theo. „Wir sehen uns bald wieder."

„Wir werden dich vermissen", sagt Lena. „Aber du wirst großartige Sachen erleben."

Theo landet in Kanada und wird von seiner Gastfamilie herzlich empfangen. Alles ist neu und aufregend. Die Stadt, die Menschen, das Essen – alles fühlt sich anders an.

„Willkommen in Kanada, Theo", sagt seine Gastmutter. „Wir freuen uns, dich hier zu haben."

„Danke, ich freue mich auch", sagt Theo. „Das wird eine tolle Zeit."

Theo erkundet seine neue Umgebung. Die Schule ist größer als seine in Deutschland, und die Schüler sind freundlich und aufgeschlossen.

„Das ist echt cool hier", denkt Theo. „Ich werde viel lernen und erleben."

Theo findet schnell Anschluss und lernt neue Freunde kennen. Sie zeigen ihm die Stadt und machen ihn mit der kanadischen Kultur vertraut.

„Kanada ist echt der Hammer", sagt Theo zu seinen neuen Freunden. „Ich bin froh, hier zu sein."

„Wir sind froh, dich hier zu haben", sagt einer seiner neuen Freunde. „Du wirst eine großartige Zeit haben."

In der Schule bekommt Theo die Aufgabe, ein Projekt über die Kultur und Geschichte Kanadas zu machen. Er arbeitet hart daran und lernt viel über sein Gastland.

„Das ist echt spannend", denkt Theo. „Ich lerne so viel Neues."

Eines Tages hat Theo Schwierigkeiten mit einem Schulprojekt. Er bittet seine neuen Freunde um Hilfe.

„Klar, wir helfen dir", sagt einer seiner Freunde.

„Danke, das bedeutet mir viel", sagt Theo. „Ich will wirklich mein Bestes geben."

Mit der Hilfe seiner Freunde meistert Theo die Herausforderung. Er lernt, dass Teamarbeit und Freundschaft überall wichtig sind.

„Danke, Leute", sagt Theo. „Ohne euch hätte ich das nicht geschafft."

Eines Tages organisiert die Schule ein großes Sportfest. Theo entscheidet sich, am Fußballturnier teilzunehmen.

„Ich hab lange nicht mehr Fußball gespielt", sagt Theo. „Das wird spannend."

„Du schaffst das", sagt einer seiner Freunde.

Theo spielt im Team und gibt sein Bestes. Es ist ein hartes Spiel, aber er genießt jede Minute. Am Ende gewinnen sie das Turnier.

„Das war sowas von cool", sagt Theo erschöpft, aber glücklich. „Ich hab's echt vermisst."

„Du warst super", sagt einer seiner Freunde. „Du hast uns zum Sieg geführt."

Theo beschließt, regelmäßig Fußball zu spielen und vielleicht sogar dem Schulteam beizutreten.

„Ich hab echt Spaß daran", sagt Theo. „Das könnte was werden."

„Ja, mach das", sagt einer seiner Freunde. „Du bist echt gut."

Theo findet immer mehr Freude am Fußballspielen und trainiert regelmäßig mit seinen neuen Freunden. Er merkt, dass es ihm hilft, sich zu entspannen und den Kopf freizubekommen.

„Das tut echt gut", sagt Theo nach einem intensiven Training. „Ich fühle mich viel besser."

„Sport ist echt wichtig", sagt einer seiner Freunde. „Es hält uns fit und glücklich."

Eines Tages hat Theo die Möglichkeit, mit einem professionellen Fußballtrainer zu trainieren. Er lernt viele neue Techniken und verbessert seine Fähigkeiten.

„Das war echt lehrreich", sagt Theo nach dem Training.

„Du hast Talent", sagt der Trainer. „Mach weiter so."

Theo freundet sich mit einem anderen Austauschschüler an, der ebenfalls aus Deutschland kommt. Er heißt Kevin. Sie verstehen sich auf Anhieb und teilen ihre Erfahrungen.

„Es ist echt cool, jemanden zu treffen, der die gleiche Erfahrung macht", sagt Theo.

„Ja, das verbindet uns", sagt Kevin. „Wir werden eine großartige Zeit haben."

Theo und Kevin entscheiden sich, gemeinsam ein Projekt über die Unterschiede zwischen Deutschland und Kanada zu machen. Sie recherchieren, diskutieren und lernen viel voneinander.

„Spannend", sagt Theo. „Wir entdecken so viele Unterschiede und Gemeinsamkeiten."

„Das ist echt interessant", stimmt Kevin zu. „Wir lernen viel dazu."

Der Tag der Präsentation ist gekommen. Theo und Kevin stehen vor der Klasse und präsentieren ihr Projekt. Die Reaktionen sind positiv, und sie bekommen viel Lob.

„Das war echt beeindruckend", sagt der Lehrer. „Ihr habt das großartig gemacht."

„Danke", sagt Theo stolz.

Durch das Projekt merkt Theo, wie wichtig es ist, offen für andere Kulturen zu sein und voneinander zu lernen.

„Das war eine tolle Erfahrung", sagt Theo.

„Und es war wichtig", stimmt Kevin zu. „Wir haben gezeigt, wie wichtig Verständnis und Offenheit sind."

Eines Wochenendes entscheidet sich Theo, einen Ausflug in die Natur zu machen. Er besucht einen nahegelegenen Nationalpark und ist überwältigt von der Schönheit der Landschaft.

„Atemberaubend", denkt Theo. „Ich bin so froh, dass ich das erleben kann."

Theo wandert durch den Park, entdeckt Tiere und Pflanzen, die er noch nie gesehen hat, und genießt die Ruhe und Stille.

„Das tut gut", denkt Theo. „Ich kann meine Gedanken ordnen und entspannen."

Auf seiner Wanderung trifft Theo auf eine Gruppe kanadischer Pfadfinder. Sie laden ihn ein, sich ihnen anzuschließen und gemeinsam zu campen.

„Wäre voll cool", sagt Theo. „Ich habe noch nie gecampt."

„Dann wird es Zeit", sagt einer der Pfadfinder. „Das wird ein Abenteuer."

Theo setzt sich zu den Pfadfindern und sie beginnen, sich kennenzulernen. Sie erzählen von ihren Erfahrungen und Abenteuern in der Natur.

„Wir sind oft draußen und machen viele coole Sachen", sagt einer der Pfadfinder. „Du wirst es lieben."

„Klingt spannend", sagt Theo. „Ich freue mich darauf."

Theo lernt, wie man ein Zelt aufbaut, ein Lagerfeuer macht und in der Natur überlebt. Es ist eine völlig neue Erfahrung für ihn, und er genießt jede Minute.

„Wow... aufregend", sagt Theo. „Ich lerne verdammt viel."

„Ja, die Natur hat viel zu bieten", sagt einer der Pfadfinder. „Es ist wichtig, sie zu respektieren und zu schützen."

In der Nacht sitzen sie am Lagerfeuer, erzählen Geschichten und singen Lieder. Theo fühlt sich geborgen und glücklich.

„Das ist der perfekte Abschluss für einen tollen Tag", denkt Theo. „Ich werde diese Erfahrung nie vergessen."

Am nächsten Morgen kehrt Theo erfrischt und voller neuer Eindrücke nach Hause zurück. Seine Gastfamilie begrüßt ihn herzlich.

„Wie war dein Wochenende?", fragt seine Gastmutter.

„Es war der Hammer", sagt Theo. „Ich habe so viel erlebt und gelernt."

„Das freut uns zu hören", sagt sein Gastvater. „Wir sind stolz auf dich."

Langsam nähert sich der Tag der Rückreise nach Deutschland. Theo fühlt sich ein wenig down, da all die neuen Eindrücke und Erfahrungen erst einmal verarbeitet werden wollen.

Die Gastfamilie bringt ihn zum Flughafen. Die Minute des Abschieds ist gekommen. Theo kann ein paar Tränen nicht unterdrücken.

„Du bist ein cooler Typ. Du darfst uns jederzeit wieder besuchen", sagten die Gasteltern und nehmen ihn in ihre Arme.

Dann verschwindet Theo schnell durch die Sicherheitskontrolle, geht zum Gate und wartet bis sein Flieger startet. Er freut sich auf seine Familie und seine Freunde in Deutschland.

Das Boarding beginnt. Theo findet schnell seinen Platz. Nach kurzer Zeit ist er eingeschlafen und träumt von seinen Erlebnissen.

Theo fühlt sich bereit, alles anzunehmen, was das Leben ihm bietet. Er hat gelernt, dass er stark ist und dass er alles schaffen kann, wenn er an sich glaubt.

Abistress

Theo wacht früh auf und fühlt sich sofort unruhig. Die Abi-Prüfungen stehen vor der Tür, und der Stress beginnt, ihm zuzusetzen. Er zieht sich an und geht in die Küche, wo seine Mutter ihn mit einem besorgten Blick empfängt.

„Morgen, Theo", sagt sie. „Du siehst angespannt aus. Alles okay?"

„Ja, Mama", sagt Theo und seufzt. „Es ist nur der Abi-Stress. Ich hab das Gefühl, ich platze bald."

Theo trifft Lena und Max am Eingang der Schule. Beide wirken genauso gestresst wie er.

„Hey, Theo! Wie läuft's bei dir?", fragt Max und versucht zu lächeln.

„Ehrlich gesagt, nicht so gut", sagt Theo. „Ich hab das Gefühl, ich schaffe das nicht."

„Mach dir keinen Kopf", sagt Lena. „Du packst das schon."

Der erste Tag der Abi-Prüfungen ist gekommen. Theo sitzt im Klassenraum, und seine Hände zittern leicht. Er atmet tief durch und versucht, sich zu konzentrieren.

„Das schaffst du, Theo", flüstert er sich selbst zu. „Du hast so viel gelernt."

Die Matheprüfung ist hart, aber Theo gibt sein Bestes. Er rechnet und schreibt, bis die Zeit abläuft. Als die Prüfung vorbei ist, fühlt er sich erleichtert, aber auch erschöpft.

„Wie war's bei dir?", fragt Lena, als sie den Raum verlassen.

„Es war okay, glaube ich", sagt Theo. „Aber ich bin echt fertig."

„Wir müssen positiv bleiben", sagt Max. „Das ist nur der Anfang."

Zuhause setzt sich Theo an seinen Schreibtisch und beginnt, für die nächste Prüfung zu lernen. Der Druck ist enorm, und er merkt, wie seine Konzentration nachlässt.

„Das wird schon", murmelt er zu sich selbst. „Du musst einfach weitermachen."

Am Abend kommt seine Mutter in sein Zimmer und setzt sich zu ihm.

„Theo, du arbeitest so hart", sagt sie. „Vergiss nicht, auch Pausen zu machen."

„Ich weiß, Mama", sagt Theo. „Aber es ist so viel."

„Du schaffst das", sagt sie und lächelt.

Theo beschließt, einen Lernplan zu erstellen, um seine Zeit besser zu nutzen. Er teilt seine Tage in Lerneinheiten auf und plant Pausen ein, um sich zu erholen.

„Das könnte funktionieren", denkt er. „Ich muss nur diszipliniert bleiben."

Der Tag der Englischprüfung ist gekommen. Theo fühlt sich etwas besser vorbereitet, aber die Nervosität ist immer noch da.

„Du packst das, Theo", sagt Lena, bevor sie den Prüfungsraum betreten.

„Danke, Lena", sagt Theo.

Theo schreibt die Prüfung und fühlt sich diesmal sicherer. Die Fragen sind schwer, aber er hat das Gefühl, dass er gut vorbereitet ist.

„Das lief besser", denkt er, als er den Raum verlässt. „Vielleicht schaffe ich das wirklich."

Theo kehrt nach Hause zurück und setzt sich sofort an seinen Schreibtisch. Die nächste Prüfung steht an, und er will keine Zeit verlieren.

„Ich kann das", murmelt er. „Nur noch ein paar Tage."

Am Abend ruft Lena an, um nach ihm zu sehen.

„Hey, Theo, wie läuft's bei dir?", fragt sie.

„Es geht", sagt Theo. „Ich lerne wie verrückt."

„Vergiss nicht, Pausen zu machen", sagt Lena. „Das ist genauso wichtig."

„Ich weiß", sagt Theo. „Danke, dass du dich meldest."

Nach ein paar Stunden Lernen merkt Theo, dass er an seine Grenzen stößt. Er legt den Kopf auf den Tisch und fühlt sich überwältigt.

„Das ist zu viel", denkt er. „Ich kann nicht mehr."

Sein Vater kommt in sein Zimmer und sieht, wie erschöpft Theo ist.

„Theo, du musst eine Pause machen", sagt er. „Du kannst nicht nonstop lernen."

„Ich weiß, Papa", sagt Theo. „Aber ich hab Angst, dass ich es nicht schaffe."

„Du wirst es schaffen", sagt sein Vater. „Aber du musst auch auf dich selbst achten."

Theo beschließt, eine Pause einzulegen und etwas zu essen. Er setzt sich mit seiner Familie an den Tisch und versucht, den Kopf freizubekommen.

„Das tut gut", denkt er. „Ich muss mehr auf mich achten."

Theo erstellt einen neuen Lernplan, der mehr Pausen und Freizeit einplant. Er merkt, dass er effektiver lernt, wenn er sich zwischendurch erholt.

„Das funktioniert besser", denkt er. „Ich fühle mich nicht mehr so überfordert."

Der Tag der Deutschprüfung ist gekommen. Theo fühlt sich gut vorbereitet und geht selbstbewusst in den Prüfungsraum.

Die Deutschprüfung ist anspruchsvoll, aber Theo fühlt sich sicher. Er schreibt seine Antworten und merkt, dass er gut vorbereitet ist.

„Das lief irgendwie ganz gut", denkt er.

Am letzten Tag steht die Biologieprüfung an. Theo ist nervös, aber er weiß, dass er gut vorbereitet ist.

„Das ist es, Theo", sagt Lena. „Die letzte Prüfung. Dann haben wir es geschafft."

„Ja, Lena", sagt Theo. „Lass uns das durchziehen."

Die Biologieprüfung ist hart, aber Theo gibt sein Bestes. Er beantwortet die Fragen und merkt, dass er gut vorbereitet ist.

„Das war es", denkt er, als die Prüfung vorbei ist. „Ich habe es geschafft."

Nach der letzten Prüfung fühlt sich Theo unglaublich erleichtert. Der Druck fällt von ihm ab, und er kann endlich aufatmen.

„Wir haben es geschafft", sagt Theo zu Lena und Max. „Die Prüfungen sind vorbei."

„Ja, Mann, wir haben das endlich hinter uns", sagt Max. „Ich kann es kaum glauben."

Theo, Lena und Max beschließen, das Ende der Prüfungen zu feiern. Sie treffen sich bei Max und genießen den Abend.

„Das war eine harte Zeit", sagt Theo.

„Ja, und jetzt können wir uns entspannen", sagt Lena. „Das haben wir uns verdient."

Am nächsten Morgen, als Teo aufwacht, fühlt er sich erstaunlich ruhig. Der Prüfungsstress ist vorbei, und er kann sich endlich entspannen.

„Das war es", denkt Theo. „Ich bin save."

Theo trifft sich mit Lena und Max im Park. Sie setzen sich auf eine Bank und reden über ihre Pläne für die Zukunft.

„Was wollt ihr als nächstes machen?", fragt Theo.

„Ich denke, ich werde an der Uni studieren", sagt Lena. „Und du?"

„Ich bin mir noch nicht sicher", sagt Theo. „Aber ich will auf jeden Fall etwas Sinnvolles machen."

Theo, Lena und Max beschließen, ihre Sommerferien zu nutzen, um neue Erfahrungen zu sammeln und ihre nächsten Schritte zu planen.

„Das wird eine großartige Zeit", sagt Theo. „Ich freue mich darauf."

Sie entscheiden sich, in die Berge zu fahren und dort ein paar Wochen zu verbringen.

„Das wird der Hammer", sagt Max

„Ja, das wird eine tolle Zeit", sagt Lena. „Wir haben es uns verdient."

In den nächsten Tagen bereiten sie sich auf den Urlaub vor. Sie packen ihre Sachen und planen ihre Route.

Der Tag der Abreise ist gekommen. Sie steigen ins Auto und machen sich auf den Weg in die Berge. Sie kommen an und sind überwältigt von der Schönheit der Landschaft.

„Das ist atemberaubend", sagt Theo. „Ich bin so froh, dass wir das gemacht haben."

„Ja, das ist der perfekte Ort, um zu entspannen", sagt Lena.

Theo, Lena und Max beschließen, eine Wanderung zu machen und die Umgebung zu erkunden. Sie genießen die frische Luft und die atemberaubende Aussicht.

„Das tut gut", sagt Theo. „Ich fühle mich frei."

Am Abend sitzen sie zusammen am Lagerfeuer, erzählen Geschichten und singen Lieder. Theo fühlt sich geborgen und glücklich.

„Ich werde diese Zeit nie vergessen", denkt Theo.

Nach 2 Wochen kehren Theo, Lena und Max zurück nach Hause. Sie fühlen sich erfrischt und voller neuer Energie.

„Das war eine großartige Zeit", sagt Theo. „Ich bin so froh, dass wir das gemacht haben."

„Ja, das war der perfekte Abschluss", sagt Lena.

Zurück zu Hause beginnt Theo wieder über die Zukunft nachzudenken. Er hat viele Pläne und Träume, und er fühlt sich bereit, sie zu verwirklichen.

„Das ist erst der Anfang", denkt Theo. „Ich habe so viel vor."

Theo setzt sich mit seiner Familie zusammen und spricht über seine Pläne für die Zukunft.

„Ich denke, ich will ein Jahr Pause machen und dann studieren", sagt Theo. „Ich will neue Erfahrungen sammeln."

„Das ist eine großartige Idee", sagt seine Mutter. „Wir unterstützen dich dabei."

Theo beschließt, ein Jahr lang verschiedene Projekte zu verfolgen und neue Erfahrungen zu sammeln. Er will reisen, arbeiten und lernen.

„Das wird eine aufregende Zeit", denkt Theo. „Ich freue mich darauf."

Theo trifft sich mit Lena und Max, um über ihre Pläne für die Zukunft zu sprechen. Sie sind aufgeregt und voller Erwartungen.

„Also, was sind eure Pläne?", fragt Theo.

„Ich werde an der Uni studieren", sagt Lena. „Ich will Lehrerin werden."

„Ich gehe erst mal reisen", sagt Max. „Die Welt sehen, bevor ich mich entscheide."

Abschlussball

Theo wacht auf und spürt sofort die Aufregung in der Luft. Heute ist der Tag des Abi-Abschlussballs. Er zieht sich an und geht in die Küche, wo seine Mutter ihm ein strahlendes Lächeln schenkt.

„Morgen, Theo", sagt sie. „Bist du bereit für die große Party heute Abend?"

„Ja, Mama", sagt Theo grinsend. „Das wird der Hammer."

Theo trifft Lena und Max am Eingang der Schule. Sie wirken genauso aufgeregt wie er.

„Hey, Theo! Kannst du glauben, dass es heute Abend endlich soweit ist?", fragt Lena.

„Total, das wird die Party unseres Lebens", sagt Theo. „Wir haben es uns verdient."

„Ja, Mann, wir haben hart gearbeitet", sagt Max. „Zeit, das zu feiern."

Der Tag zieht sich, und alle können kaum den Abend erwarten. In den letzten Stunden sprechen die Lehrer über die Bedeutung des Abiturs und die Zukunft der Schüler, aber Theo kann sich nur schwer konzentrieren.

„Ich kann's kaum erwarten", murmelt er zu Lena. „Das wird legendär."

„Ja, die Party des Jahrhunderts", sagt Lena und grinst.

Theo, Lena und Max treffen sich nach der Schule, um die letzten Vorbereitungen für den Abend zu treffen. Sie planen ihre Outfits und besprechen, wie sie zur Party kommen.

„Ich hab 'nen neuen Anzug", sagt Max stolz. „Der sieht mega aus."

„Und ich hab ein Kleid, das dich umhauen wird", sagt Lena und zwinkert Theo zu.

„Ich bin gespannt", sagt Theo. „Lasst uns das rocken."

Zuhause beginnt Theo sich für den Abend vorzubereiten. Er zieht seinen neuen Anzug an, checkt sein Outfit im Spiegel und lächelt.

„Das wird mein Abend", denkt er. „Ich bin bereit."

Sein Vater kommt ins Zimmer und sieht ihn an.

„Du siehst großartig aus, Theo", sagt er.

„Danke, Papa", sagt Theo.

„Genieß es, Theo", sagt sein Vater. „Du hast dir das verdient."

Theo, Lena und Max treffen sich bei Lena zuhause. Sie fahren zusammen zur Party und die Aufregung steigt mit jedem Kilometer.

„Das wird der Wahnsinn", sagt Max. „Ich hab das Gefühl, heute wird etwas Besonderes passieren."

„Ja, das hab ich auch", sagt Theo.

Sie kommen an der Schule an. Die Party findet in der großen Aula statt. Der Raum ist festlich dekoriert, und überall sind Lichter und Musik.

„Das sieht großartig aus", sagt Lena. „Die haben echt ganze Arbeit geleistet."

„Ja, das wird eine unvergessliche Nacht", sagt Theo. „Lasst uns reingehen."

Im Saal ist die Stimmung ausgelassen. Alle Schüler sind gut gelaunt, und die Musik ist laut. Theo, Lena und Max tanzen und genießen die Atmosphäre.

„Das ist so krass", ruft Theo über die Musik hinweg. „Ich liebe es."

Während eines langsamen Songs bittet Max Lena zum Tanzen. Theo bleibt alleine zurück und beobachtet seine Freunde.

„Die beiden sehen glücklich aus", denkt er. „Ich freue mich für sie."

Plötzlich steht eine ehemalige Mitschülerin, die Theo nur flüchtig kennt, vor ihm. Theo erinnert sich – sie heißt Nina.

„Hi, Theo", sagt Nina. „Ich wollte dir nur sagen, dass ich deine Rede bei der Abschlussfeier echt toll fand."

„Oh, danke", sagt Theo überrascht.

Sie unterhalten sich weiter, und Theo merkt, wie nett sie ist. Sie tauschen Nummern und verabreden sich, nach der Party noch etwas zusammen zu unternehmen.

„Vielleicht sehen wir uns ja später nochmal?", fragt Nina und zwinkert.

„Klar, gerne", sagt Theo lächelnd.

Die Party wird immer ausgelassener, und Theo, Lena und Max sind mittendrin. Sie tanzen, lachen und genießen jeden Moment.

„Das ist echt die beste Party ever", sagt Max. „Ich will, dass das nie endet."

„Ja, das ist unser Moment", sagt Lena.

Plötzlich gibt es einen kleinen Stromausfall, und die Aula wird für ein paar Minuten dunkel. Die Schüler reagieren überrascht, aber bleiben ruhig.

„Was ist los?", fragt Theo. „Ist das Teil der Show?"

„Keine Ahnung, Mann", sagt Max. „Aber es wird sicher gleich weitergehen."

Der Strom kehrt zurück und die Musik setzt wieder ein. Die Schüler jubeln und die Party geht noch ausgelassener weiter.

„Das war mal 'ne Überraschung", sagt Lena. „Aber jetzt geht's weiter."

„Ja, das war cool", sagt Theo. „Lasst uns weitermachen."

Gegen Ende der Party hält der Schulleiter eine kurze Rede, um die Schüler zu ehren und ihnen alles Gute für die Zukunft zu wünschen.

„Ihr habt es alle geschafft", sagt er. „Ihr seid jetzt Abiturienten. Ich bin stolz auf euch alle."

Die Schüler applaudieren, und einige wischen sich sogar Tränen der Rührung aus den Augen.

Der letzte Song der Party wird angekündigt, und alle Schüler kommen auf die Tanzfläche, um gemeinsam zu tanzen. Theo, Lena und Max stehen zusammen und genießen diesen besonderen Moment.

„Das war eine unvergessliche Nacht", sagt Theo.

„Ich freu mich, dass wir das zusammen erleben konnten", sagt Max.

Nach der Party beschließen Theo, Lena und Max, noch zusammen durch die Stadt zu schlendern und den Abend ausklingen zu lassen.

„Voll cool", sagt Lena.

Sie reden über ihre Zukunftspläne. Sie merken, dass sie alle gespannt auf das sind, was als nächstes kommt.

„Also, was geht?", fragt Lena. „Was sind eure nächsten Schritte?"

„Wie schon mal gesagt, ich werde reisen", sagt Max.

„Das klingt super", sagt Theo. „Ich denke, ich werde ein Jahr Pause machen und dann studieren."

Während sie reden, steht Nina plötzlich vor ihnen. Sie lächelt und setzt sich dazu.

„Hey, Theo", sagt sie. „Ich dachte, ich schaue mal vorbei."

„Hey Nina", sagt Theo überrascht. „Schön, dich zu sehen."

Sie unterhalten sich weiter, und Theo merkt, wie gut sie sich verstehen. Sie lachen und genießen die Zeit zusammen.

„Das war echt ein toller Abend", sagt sie. „Ich bin froh, dass ich gekommen bin."

„Ja, das war der Hammer", sagt Theo. „Ich hoffe, wir sehen uns wieder."

Theo wacht am nächsten Morgen auf und fühlt sich erfrischt und glücklich. Er denkt über die Party und die neuen Bekanntschaften nach.

„Das war wirklich eine unvergessliche Nacht", denkt er. „Ich freue mich auf alles, was kommt."

Theo entscheidet sich, einen Spaziergang zu machen, um den Kopf freizubekommen.

„Ich habe das Gefühl, dass alles möglich ist", denkt er.

Abschied und ein Neuanfang

Am Gymnasium in Hohenried ist es eine alte Tradition, dass die Schüler sich alle nach dem Abschlussball noch einmal zu einem „letzten Schultag" treffen.

Dieser letzte Schultag ist nun angebrochen, und Theo spürt eine Mischung aus Freude und Wehmut. Er zieht sich an und geht in die Küche, wo seine Mutter ihn mit einem strahlenden Lächeln empfängt.

„Hey, Theo", sagt sie. „Heute ist dein letzter Tag als Schüler. Bist du bereit?"

„Ja, Mama", sagt Theo und lächelt. „Es ist irgendwie surreal."

Theo trifft Lena und Max am Eingang der Schule. Sie wirken genauso emotional wie er.

„Theo! Kannst du glauben, dass es wirklich der letzte Tag ist?", fragt Lena.

„Total krass", sagt Theo. „Es fühlt sich so endgültig an."

„Ja, Mann, wir haben so viel durchgemacht", sagt Max. „Zeit, Abschied zu nehmen."

Dieser letzte Schultag ist voller Abschiede. Die Lehrer halten emotionale Reden, und die Schüler sind aufgeregt und sentimental.

„Ihr habt es geschafft", sagt Frau Weber. „Ich bin stolz auf euch alle. Macht das Beste aus eurer Zukunft."

Die Schüler applaudieren, und einige wischen sich Tränen aus den Augen.

Theo, Lena und Max gehen durch die Flure und verabschieden sich von ihren Lehrern und Mitschülern. Sie merken, wie wichtig diese Zeit für sie war.

„Das war unser Zuhause für so lange", sagt Theo. „Es fühlt sich seltsam an, Abschied zu nehmen."

„Ja, aber es ist auch der Anfang von etwas Neuem", sagt Lena.

Theo nimmt sich einen Moment, um die Schule ein letztes Mal zu betrachten. Er erinnert sich an all die Höhen und Tiefen, die er erlebt hat.

„Das war eine unglaubliche Reise", denkt er. „Ich werde diese Zeit nie vergessen."

Der Schulleiter hält eine letzte Rede und ermutigt die Schüler, ihre Träume zu verfolgen und sich für eine bessere Welt einzusetzen.

„Ihr seid die Zukunft", sagt er. „Nutzt eure Fähigkeiten und Talente, um die Welt zu einem besseren Ort zu machen."

Theo und seine Freunde diskutieren über die sozialen Ungerechtigkeiten und die Herausforderungen, die vor ihnen liegen.

„Wir müssen wirklich etwas verändern", sagt Theo. „Die Welt ist voll mit Problemen, die wir nicht ignorieren können."

„Ja, wir dürfen nicht einfach zusehen", sagt Lena. „Wir müssen aktiv werden."

„Genau", stimmt Max zu. „Wir müssen die Zukunft in unsere eigenen Hände nehmen."

Theo, Lena und Max setzen sich zusammen und sprechen über ihre Pläne für die Zukunft. Sie sind entschlossen, einen Unterschied zu machen.

„Ich werde mich für soziale Gerechtigkeit einsetzen", sagt Theo. „Ich will wirklich etwas bewegen."

„Ich werde Lehrerin und werde versuchen, Kinder zu inspirieren", sagt Lena. „Wir brauchen mehr Bildung und Verständnis."

„Ich werde reisen und verschiedene Kulturen kennenlernen", sagt Max. „Wir können so viel voneinander lernen."

Am Abend treffen sich Theo, Lena und Max zu einem letzten gemeinsamen Abendessen. Sie lachen, erinnern sich an alte Zeiten und sprechen über ihre Hoffnungen und Träume.

„Das war eine tolle Zeit", sagt Theo. „Ich bin so froh, dass wir das zusammen erlebt haben."

„Ja, das war der Hammer", sagt Max. „Ich werde das nie vergessen."

Theo kehrt nach Hause zurück und beginnt, über die Zukunft nachzudenken. Er hat viele Pläne und Träume, und er fühlt sich bereit, sie zu verwirklichen.

Er setzt sich mit seiner Familie zusammen und spricht über seine Pläne für die Zukunft.

Er will reisen, arbeiten und lernen. Theo beschließt, sich für ein freiwilliges soziales Jahr in Kapstadt zu bewerben. Er will in einer Hilfsorganisation arbeiten und Menschen in Not unterstützen.

Er beginnt seine Bewerbung zu schreiben. Er fühlt sich nervös, aber auch aufgeregt.

„Das ist der erste Schritt", denkt Theo. „Ich hoffe, ich bekomme die Chance."

Die Wartezeit auf eine Antwort ist nervenaufreibend. Theo kann kaum stillsitzen und denkt ständig darüber nach, was die Zukunft bringen wird.

Eines Tages erhält Theo eine E-Mail von der Flüchtlingsorganisation. Er öffnet sie mit zitternden Händen und liest die Nachricht. Er hat die Stelle bekommen!

„Ich hab's geschafft!", ruft Theo und springt vor Freude auf.

Theo beginnt, seine Reise zu planen und alles Notwendige vorzubereiten. Er fühlt sich aufgeregt und ein wenig nervös.

„Das wird eine große Sache", denkt er. „Ich bin bereit."

Der Tag des Abschieds naht, und Theo trifft sich noch einmal mit Lena und Max, um sich zu verabschieden.

„Ich werde euch vermissen", sagt Theo. „Aber ich komme bald zurück."

„Wir werden dich auch vermissen", sagt Lena. „Aber du wirst großartige Dinge erleben."

„Ja, Mann, pass auf dich auf", sagt Max. „Und vergiss nicht, uns zu schreiben."

Am Tag des Abflugs begleiten Lena und Max Theo zum Flughafen. Sie umarmen sich ein letztes Mal, bevor Theo durch die Sicherheitskontrolle geht.

„Pass auf dich auf, Theo", sagt Lena. „Wir werden an dich denken."

„Danke, Leute", sagt Theo.

Theo kommt in Kapstadt an und wird von der Organisation herzlich empfangen. Alles ist neu und aufregend.

„Willkommen, Theo", sagt der Koordinator. „Wir freuen uns, dich hier zu haben."

„Danke, ich freue mich auch", sagt Theo. „Das wird eine tolle Zeit."

Theo erkundet seine neue Umgebung und lernt seine Kollegen kennen. Er fühlt sich ein wenig überwältigt, aber auch gespannt auf das, was kommt.

„Das ist echt spannend", denkt er.

Theo wird in ein Projekt eingewiesen, bei dem er mit Kindern im Flüchtlingslager arbeiten soll. Er fühlt sich nervös, aber auch entschlossen, sein Bestes zu geben.

„Das wird eine Herausforderung", denkt er. „Aber ich bin bereit."

Theo gewöhnt sich an seine neuen Tagesabläufe und lernt, mit den Herausforderungen umzugehen. Er merkt, wie viel er durch diese Arbeit lernt und wie sehr sie ihn verändert.

„Das ist echt hart", sagt er zu einem Kollegen. „Aber es ist auch unglaublich lohnend."

„Ja, es ist eine wichtige Arbeit", sagt sein Kollege. „Und du machst das großartig."

Theo knüpft neue Freundschaften und fühlt sich zunehmend wohl in seiner neuen Umgebung. Er merkt, wie sehr diese Erfahrung ihn bereichert.

„Ich habe so viel gelernt", denkt er. „Es war die richtige Entscheidung."

Eines Tages trifft Theo auf ein Kind im Lager, das besonders viel Unterstützung braucht. Er entscheidet sich, ihm besonders viel Aufmerksamkeit zu schenken.

„Ich werde dir helfen", sagt Theo zu dem Kind. „Du bist nicht allein."

Durch seine harte Arbeit und sein Engagement gelingt es Theo, das Leben des Kindes und vieler anderer zu verbessern. Er fühlt sich stolz auf das, was er erreicht hat.

„Das war es wert", denkt er. „Ich habe wirklich etwas bewegt."

In den ruhigen Momenten denkt Theo über die großen Herausforderungen der Welt nach. Er merkt, wie wichtig es ist, sich für Gerechtigkeit und Frieden einzusetzen.

„Es gibt so viel zu tun", denkt er. „Aber wir können die Welt verändern."

Theo schreibt eine lange E-Mail an Lena und Max, in dem er von seinen Erfahrungen berichtet und ihnen für ihre Unterstützung dankt.

„Ihr habt mir geholfen, das zu erreichen", schreibt er. „Ich bin so dankbar für eure Freundschaft."

Lena und Max schreiben zurück und erzählen Theo von ihren eigenen Erfahrungen und Plänen. Sie sind stolz auf das, was er erreicht hat.

„Du machst das großartig", schreibt Lena.

„Ja, Mann, du rockst das", schreibt Max. „Bleib dran und mach weiter so."

Theo setzt sich weiterhin neue Ziele und arbeitet hart daran, sie zu erreichen. Er merkt, dass er durch seine Erfahrungen gewachsen ist und dass er bereit ist, neue Herausforderungen anzunehmen.

„Ich weiß, dass es nicht immer einfach sein wird", denkt er. „Aber ich bin bereit."

Theo beschließt, nach seinem freiwilligen sozialen Jahr weiter in diesem Bereich zu arbeiten. Er will sich weiterhin für Menschen in Not einsetzen und einen positiven Einfluss auf die Welt haben.

„Das ist meine Berufung", denkt er. „Ich will wirklich etwas bewegen."

Theo erhält eine Auszeichnung für seine herausragende Arbeit im Flüchtlingslager. Er fühlt sich geehrt und dankbar.

„Das ist eine große Ehre", sagt Theo bei der Preisverleihung. „Aber die wahre Belohnung ist, zu sehen, wie wir das Leben der Menschen verbessern."

Nach seinem freiwilligen sozialen Jahr kehrt Theo nach Hause zurück. Er fühlt sich gereift und bereit für die nächsten Schritte in seinem Leben.

„Das war eine unglaubliche Erfahrung", denkt er.

Theo spricht mit seiner Familie über seine Erfahrungen und seine Pläne für die Zukunft. Sie sind stolz auf ihn und unterstützen seine Entscheidungen.

„Wir sind so stolz auf dich, Theo", sagt seine Mutter. „Du hast so viel erreicht."

„Danke, Mama", sagt Theo. „Das bedeutet mir sehr viel."

Theo trifft sich mit Lena und Max, um über ihre Erfahrungen und Pläne zu sprechen. Sie sind aufgeregt und voller Erwartungen.

„Du hast so viel erlebt", sagt Lena. „Erzähl uns alles."

„Ja, Mann, wir wollen alles wissen", sagt Max.

Theo erzählt von seinen Erfahrungen und hört auch den Geschichten seiner Freunde zu. Sie merken, wie sehr sie sich alle weiterentwickelt haben.

„Wir haben alle viel gelernt", sagt Theo. „Das war eine wichtige Zeit."

Theo, Lena und Max beschließen, weiterhin in Kontakt zu bleiben und sich gegenseitig zu unterstützen, während sie ihre Träume verfolgen.

„Wir müssen zusammenhalten", sagt Lena. „Wir haben noch so viel vor."

„Ja, wir sind ein verdammt cooles Team", sagt Max.

Theo denkt über die Herausforderungen nach, die vor ihm liegen. Er weiß, dass er mit der Unterstützung seiner Freunde und Familie alles schaffen kann.

„Die Zukunft gehört uns", denkt er.

Theo trifft sich mit einem erfahrenen Mentor, der ihm Ratschläge für seine zukünftigen Projekte gibt.

„Du hast das Potenzial, Großes zu erreichen", sagt der Mentor. „Nutze deine Fähigkeiten und mache einen Unterschied."

„Danke, das werde ich", sagt Theo.

Theo wacht am nächsten Morgen auf und fühlt sich erfrischt und voller Energie. Er ist bereit, die Welt zu verändern und seine Träume zu verwirklichen.

Theo nimmt sich einen Moment, um auf die vergangenen Jahre zurückzublicken. Er erinnert sich an die Herausforderungen und die Erfolge, die ihn zu dem gemacht haben, was er heute ist.

„Das war eine unglaubliche Reise mit tausend Höhen und Tiefen", denkt er.

Theo fühlt sich stark und zuversichtlich.

Er ist bereit, die Welt zu verändern und seine Träume zu verwirklichen.

Die Zukunft gehört ihm, und er ist bereit, sie zu gestalten.

„Das ist erst der Anfang", denkt er. „Ich habe noch so viel vor. Die Welt wartet auf mich."

Schlusswort - Epilog

Theo hat auf seiner Reise viele Herausforderungen gemeistert und wertvolle Erfahrungen gesammelt.

Er hat gelernt, dass jede Erfahrung, ob gut oder schlecht, ihn stärker und selbstbewusster gemacht hat.

Er hat erkannt, dass die Welt voller Herausforderungen ist, aber auch voller Möglichkeiten.

Er ist entschlossen, seine Fähigkeiten und Talente einzusetzen, um einen positiven Einfluss zu haben und die Welt zu einem besseren Ort zu machen.

Das Leben ist eine Achterbahnfahrt, und Theo hat jede Kurve mit einem Lächeln und einer ordentlichen Portion Selbstironie genommen.

Er hat gezeigt, dass Anderssein keine Schwäche, sondern eine Stärke ist.

Durch die Höhen und Tiefen der Schulzeit, Freundschaften und persönlichen Herausforderungen hat er uns gelehrt, dass man mit Authentizität, Mut und Herz alles erreichen kann.

Theo's Reise endet hier, aber seine Geschichte erinnert uns daran, dass jeder von uns seine eigenen Stärken entdecken und nutzen kann, um die Welt ein Stück besser zu machen.

Ob mit Ecken und Kanten oder geraden Linien – es kommt darauf an, sich selbst treu zu bleiben und nie aufzuhören, für das zu kämpfen, woran man glaubt.

Das Abenteuer geht weiter.

Seid mutig, seid anders, seid ihr selbst.

In Verbundenheit,

Peter Grosche